हिन्द पॉकेट बुक्स

हरकारा

तारांशंकर वंद्योपाध्याय प्रसिद्ध बांग्ला साहित्यकार हैं। इन्हें *गणदेवता* के लिए 1966 में ज्ञानपीठ पुरस्कार से सम्मानित किया गया था। ताराशंकर वंद्योपाध्याय को साहित्य एवं शिक्षा क्षेत्र में भारत सरकार द्वारा सन 1969 में पद्म भूषण से भी सम्मानित किया गया था। ये पश्चिम बंगाल से हैं। इनके द्वारा रचित एक उपन्यास *आरोग्य* निकेतन के लिए उन्हें सन् 1956 में साहित्य अकादमी पुरस्कार से सम्मानित किया गया।

AF887527

हरकारा

ताराशंकर वंद्योपाध्याय

अनुवादक

हंसकुमार तिवारी

हिन्द पॉकेट बुक्स

पेंगुइन रैंडम हाउस इम्प्रिंट

हिन्द पॉकेट बुक्स

यूएसए | कनाडा | यूके | आयरलैंड | ऑस्ट्रेलिया | सिंगापुर
न्यू ज़ीलैंड | भारत | दक्षिण अफ्रीका | चीन

हिन्द पॉकेट बुक्स, पेंगुइन रैंडम हाउस ग्रुप ऑफ़ कम्पनीज़ का हिस्सा है,
जिसका पता global.penguinrandomhouse.com पर मिलेगा

पेंगुइन रैंडम हाउस इंडिया प्रा. लि.,
चौथी मंजिल, कैपिटल टावर -1, एम जी रोड,
गुड़गांव 122 002, हरियाणा, भारत

पेंगुइन
रैंडम हाउस
इंडिया

प्रथम हिन्दी संस्करण हिन्द पॉकेट बुक्स द्वारा 1971 में प्रकाशित
यह हिन्दी संस्करण हिन्द पॉकेट बुक्स में पेंगुइन रैंडम हाउस द्वारा 2022 में प्रकाशित

10 9 8 7 6 5 4 3 2

ISBN 9789353496999

मुद्रकः रेप्रो इंडिया लिमिटेड

www.penguin.co.in

FSC www.fsc.org MIX Paper from responsible sources FSC® C047271

This is a legitimate digitally printed version of the book and therefore might not
have certain extra finishing on the cover.

बरसाती मौसम ; अंधेरे पाख की घनघोर घटा-घिरी रात। लगभग सारा दिन पानी पड़ता रहा। सांझ के बाद बारिश थमी ज़रूर, मगर वैसा ही घटाटोप। आसमान में एक से दूसरे छोर तक बदली छाई थी। बरसाती हवा के उठते हुए ज़ोरों के झोंके। अंधेरे पाख का अंधेरा; आसमान गाढ़े मेघों की छाया से चमड़े जैसा मोटा हो उठा था। उस अंधेरे में धरती जैसे खो गई थी—दिख रहा था महज़ लाखों-लाख जुगनुआ का जलना और बुझना। जल उठते और बुझ-बुझ जाते।

बीच-बीच में, दूर दिगंत में बिजली की कौंध। उसकी हलकी आभा से आसपास की चीज़ें साफ दीख जातीं। घने जंगल के बीच एक रास्ता।

रह-रहकर बादलों की हलकी-तेज़ गरज; मगर पेड़ों से जूझती हुई हवा की आवाज़ का विराम न था—झर-झर, झर-झर, झर-झर। उसके साथ मिलकर मेढ़कों की टर्राहट मानो एक ही ध्वनि की सृष्टि कर रही थी और इस वातावरण में बजती जा रही थी एक झुन-झुन की आवाज़। ठीक ताल पर। एकाएक जंगल के माथे पर ज़ोरों की बिजली चमक उठी। उजाला हो गया और चारों ओर प्रकाश झलक उठा।

सखुए के घने जंगल के बीच से एक सड़क। उसी सड़क पर जा रहा था एक आदमी; जा नहीं रहा था, यों कहिए कि दीनू हरकारा डाक लिए दौड़ रहा था। उसकी लाठी के सिरे पर बंधे धुंघरू झुन-झुन बज रहे थे। यह भी नज़र आया कि सखुए का जंगल हिल रहा है।

जोत बुझ गई। अंधेरा और भी गहरा हो गया। ज़ोरों से बादल

गरज उठे।

अंधेरे में फिर जल उठे जुगनू। मेढ़कों की टर्र-टर्र से हवा की खिलवाड़ फिर प्रकट हो उठी। झुन-झुन की आवाज़ जारी हो गई।

जिधर दीनू जा रहा था, उसके आगे मोड़ पर उलटी दिशा से पेड़ों की फांकों और माथे पर धूम्रकेतु की पूंछ जैसी रोशनी की लम्बी-सी छटा छिटक आई। उधर से कोई मोटर आ रही थी। उसीकी रोशनी फैलती हुई बढ़ती आ रही थी। गाड़ी दिखाई नहीं पड़ रही थी।

ज़रा ही देर में मोटर मोड़ से मुड़कर सीधी आने लगी। रोशनी दिखाई पड़ी। दोनों तरफ की भीगी हुई अरण्यभूमि के अंधेरे घेरे के बीच की चौड़ी सड़क रोशनी से झलमला उठी। दीनू हरकारा भी साफ दिखाई देने लगा। वह दौड़ा जा रहा था। पीछे से अजीब-सा लग रहा था वह।

मोटर से डाक्टर साहब आ रहे थे।

हुडवाली 'टूरर' गाड़ी दीनू के करीब आकर ज़रा धीमी हो गई। ऐसी आफत की घड़ी में इस तरह जा कौन रहा है?

दीनू साफ पहचान में आया।

गठी पेशियोंवाला काला-सा आदमी। सिर पर छोटा-सा फेंटा। ऊपर का बदन नंगा। घुटने तक लपेटकर पहनी हुई धोती। घुटने से नीचे तक खाली। कंधे पर की लाठी से बंधा डाक का थैला, लाठी के सिरे पर बंधी दो घंटियां, नोक पर भाला। हाथ में एक लालटेन।

मोटर की रोशनी से वह एक किनारे को होकर ज़रा धीमे चलने लगा था।

डाक्टर साहब ने आवाज़ दी, "कौन है?"

दीनू ने चलते-चलते ही जवाब दिया, "हरकारा; सरकार बहादुर की डाक है।"

"अरे, दीनू?"

दीनू ने गाड़ी के पीछे की ओर से उत्तर दिया, "जी! कौन? डाक्टर साहब?"

और कहते-कहते ही वह मानो अंधेरे में डूब गया।

डाक्टर साहब ने गाड़ी की चाल फिर तेज़ कर दी। गाड़ी बढ़ने लगी—दोनों तरफ के सखुओं के भीगे पत्तों पर हेडलाइट की तेज़ रोशनी झकमका उठी। रोशनी पेड़ों की फांकों में पड़ी। ऊपर कुछ दूर तक शून्य में मानो तैरने-सी लगी रोशनी। उससे ऊपर अपार अंधकार। उस अंधेरे को चीरकर एकाध बार मेघों में बिजली खेल गई। कुछ ही आगे दूसरा मोड़ पड़ता था। वहां मोटर मुड़ रही थी कि एक चीख सुनाई पड़ी।

"ऐ, खबरदार!"

डाक्टर साहब ने गाड़ी का ब्रेक दबाया।

चीख फिर से उठी, "खबरदार! डाक है। सरकार बहादुर की डाक!"

डाक्टर साहब ने मुंह गाड़ी से बाहर निकालकर पीछे की ओर ताका।

ड्राइवर दरवाज़ा खोलकर उतर पड़ा। उसने पीछे की तरफ ताका।

अंधेरा। कुछ भी मानो दिख नहीं रहा था।

हलकी चमक हुई बिजली की। उसी जोत में डाक्टर और ड्राइवर दोनों ने देखा, वहां—दो आदमी जूझ रहे हैं। चीन्हा न जा सका किसीको। एक तो बेशक दीनू है; औंधा पड़ा है वह। दूसरा उससे थैला छीन लेना चाह रहा है। एक झलकभर मिली। बिजली की चमक में इतना ही देखा गया। वह चमक खो गई कि फिर सब कुछ गाढ़े अंधेरे में डूब गया। एक चीख उठी, "नहीं, नहीं, नहीं!"

डाक्टर ने ड्राइवर से कहा, "गाड़ी पर आओ। जल्दी।" ड्राइवर के चढ़ते ही गाड़ी घूम गई। दूर पर जूझते हुए उन दोनों आदमियों पर हेडलाइट की रोशनी पड़ी। लुटेरे ने लाठी उठा ली थी। वह उधर को मुंह किए खड़ा था, रोशनी की तरफ उसकी पीठ थी। दीनू चिल्ला उठा, "डकैत! डकैत!" कि इतने में लाठी का वार हुआ। दीनू की चीख सुनाई पड़ी, "ओ...।"

गाड़ी बढ़ चली। लुटेरे ने थैला झपट लेना चाहा। लेकिन चूंकि गाड़ी की रोशनी करीब आ गई, इसलिए वह जंगल में गायब हो गया।

गाड़ी आकर खड़ी हुई।

डाक के थैले को अपनी छाती से दबाए दीनू औंधा पड़ा था। पीछे की ओर उसका सिर फट गया था। लालटेन लुढ़क गई थी।

टार्च जलाकर डाक्टर ने चारों तरफ देखा। गाड़ी का हैंडिल हाथ में लिए ड्राईवर उतरा। डाक्टर भी उतरे। दीनू को देखा। उसकी नब्ज़ टटोली। दिल की धड़कन देखी। ज़ख्म देखा। बोले, "ए:, चोट काफी है।"

ड्राइवर बोला, "लेकिन डाक के थैले को नहीं छोड़ा!"

"प्राथमिक चिकित्सा ज़रूरी है।" फिर घने जंगल और अंधेरे को गौर करके बोले, "लेकिन अब यहां नहीं। लुटेरा बेशक अकेला नहीं होगा। जंगल में और भी छिपे होंगे। हमें महज़ दो आदमी देखकर फिर टूट सकते हैं। तुम उधर पकड़ो, मैं इधर पकड़ता हूं।"

दोनों ने दीनू को उठाया। दीनू के साथ-साथ थैला भी उठने लगा। डाक्टर ने उसे हटा दिया, उसके बाद गाड़ी पर रखा।

गाड़ी सदर अस्पताल में जाकर खड़ी हुई।

डाक्टर अंदर गए। सबसे पहले उन्होंने एक चिट्ठी लिखी। ड्राइवर को आवाज़ दी, "शंभू!"

शंभू आया। दूसरा एक आदमी उनका बैग रख गया।

"यह चिट्ठी लेकर तुम तुरन्त थाने में जाओ। कहना, मैं दीनू की मरहम-पट्टी का इंतज़ाम कर रहा हूं। लगता है, चोट गहरी है। कहना, आकर वे थैले को देख लें और डाकघरवालों को खबर कर दें।"

चिट्ठी लेकर शंभू चला गया।

डाक्टर दूसरी तरफ के बरामदे पर निकले। जाने के पहले कोट उतार दिया। आस्तीन समेटते हुए निकले। कमरे में ताला बंद कर दिया।

बरामदे से आवाज़ दी, "रामलाल!"

रामलाल आया। डाक्टर ने कहा, "तुम यहां की निगरानी करो। होशियार!"

उधर अस्पताल के लोग दीनू को स्ट्रेचर पर ले गए।

डाक्टर उन्हीं के पीछे हो लिए।

मोटर की आवाज़ हुई। शंभू मोटर लेकर बाहर निकल गया।

और इधर देखा गया, दीनू को मेज़ पर लिटा दिया गया है। डाक्टर ने हाथ धोकर उन्हें पोंछा।

यहां अभी बिजली नहीं पहुंची थी। ज़ख्म पर टार्च की तेज़ रोशनी डाली गई। घाव गहरा था। चारों तरफ के बाल साफ कर दिए गए। डाक्टर ने गौर से देखा और फिर चीर-फाड़ के औज़ार संभाले।

ठीक इसी समय बाहर ज़ोरों से मेघ गरजा, जैसे कहीं गाज गिरी हो।

बाहर ज़ोरों की बारिश शुरू हो गई। बिजली कौंध-कौंध उठने लगी, उसीमें बारिश का नज़ारा साफ दीखने लगा। पेड़-पौधों से बयार

के उलझने की आवाज़। इसी सन्नाटे में पड़ा बरामदा। दीनू की प्राथमिक चिकित्सा करके डाक्टर बरामदे में आ खड़े हुए। बरसते बादलों और अंधकार की ओर ताकने लगे। उनकी आंखों में लमहे-भर के लिए घिर आई दीनू की उस समय की जूझती हुई तस्वीर। बिजली की चमक में उन्होंने देखा था, एक आदमी उसपर लाठी का प्रहार करने को आमादा है और वह औंधा पड़ा है।

एक नर्स आई। बोली, "उसे होश आ रहा है डाक्टर साहब! ..."

"होश आ रहा है?" डाक्टर मुड़े। जल्दी से अंदर गए।

दीनू चिल्ला रहा था, "नहीं, नहीं, नहीं!'

डाक्टर उसके पास जाकर खड़े हुए। बोले, "दीनू, कोई डर नहीं दीनू!"

"ऐ!

"डर मत तू। वे भाग गए। तू अस्पताल में है!"

"ऐं! डाक्टर साहब!"

"हां, मैंने तेरी चीख सुनी थी..."

"आपने मुझे बचाया?"

"हां। मैं गाड़ी को मोड़कर नहीं जाता तो वे मार डालते तुझे!"

"मेरा थैला? सरकारी डाक?"

"थैला है। थैले को नहीं ले सके वे। उफ्! ऐसा कसकर पकड़े था तू..."

दीनू ने संतोष के साथ कहा, "आह!"

"तू अभी सो जा। नींद की दवा खानी पड़ेगी। अभी और कुछ नहीं।"

"डाक्टर साहब!"

"क्या है, कहो।"

"उसको पकड़ लिया?"

"किसको?"

"वही..."

ओ उस डकैत को? नहीं, नहीं। वह तो भाग गया। जैसे ही मेरी गाड़ी की रोशनी झलकी कि वह चंपत हो गया। खाली हाथ भी पकड़ा जा सकता है डाकू को? मैं तो ठीक से देख भी न पाया। भुतखेल जैसा, छूमंतर जैसा गायब हो गया।"

दीनू एकटक दीवाल की ओर देख रहा था। माथे के पीछे ज़ख्म था, सो वह करवट लेकर लेटा था।

डाक्टर ने नर्स से कहा, "इसे बेड पर ले जाओ। दवा पिला दो।"

दीनू ने पुकारा, "डाक्टर साहब!"

"कहो।"

"क्या होगा डाक्टर साहब? पुलिस..." गला रुंध आया, झर-झर आंसू झरने लगे।

डाक्टर साहब ने हंसकर कहा, "होगा क्या? तूने ऐसा काम किया है कि सरकार तुझे इनाम देगी। मैं गवाह हूं। उफ्, तूने बहादुर की तरह मुकाबला किया। अपनी छाती से मेल-बैग को इस कदर चिपकाए रहा कि कोई बाप ही अपने बेटे को उस तरह से छाती से लगाकर बचा सकता है।"

दीनू ज़ोर-ज़ोर से रो पड़ा।

बाहर मोटर की आवाज़ हुई।

डाक्टर साहब बाहर निकले।

इसके बाद नज़र आया, कार्यालय में पुलिस साहब खड़े हैं, पोस्टल सुपरिण्टेण्डेण्ट, पुलिस सब-इन्सपेक्टर, पोस्ट ऑफिस के लोग खड़े हैं। डाक्टर साहब भी हैं।

पुलिस साहब साहब डाक के थैले की सील की जांच कर रहे थे। पोस्टल सुपरिण्टेण्डेण्ट ने बगल से कहा, "सोल दुरुस्त है, टूटी नहीं।"

डाक्टर ने बताया, "दीनू ने लुटेरे को थैला छुने नहीं दिया। छाती से उसे दबाए औंधा पड़ा था। सिर पर कसकर लाठी की मार पड़ी, फिर भी न छोड़ा। वह तब भी चिल्ला रहा था—सरकार बहादुर की डाक है, खबरदार! इतने में मैंने अपनी गाड़ी को घुमा लिया। हेडलाइट की रोशनी पड़ते ही..."

थैले की जांच खत्म करके एस० पी० बीच ही में बोल उठे, "आपका बयान बाद में लूंगा, डाक्टर साहब।" पोस्टल सुपरिण्टेण्डेण्ट से कहा, "थैले की सील तोड़कर देखिए। कम से कम यह देखिए कि कैश ठीक है या नहीं। उसमें कैश-स्टेटमेंट तो ज़रूर होगा। देखिए खोलकर।"

एस० पी० बाहर निकल आए।

बाहर एक और सब-इन्सपेक्टर तथा कई सिपाही खड़े थे। अहाते में डाक्टर और एस० पी० की गाड़ी खड़ी थी। एस० पी० ने सिगरेट सुलगाई। सब-इन्सपेक्टर से कहा, "डाक्टर साहब के ड्राइवर के साथ तुम चले जाओ और जहां वारदात हुई है वहां तैनात रहो, ताकि वहां का कुछ भी इधर-उधर न हो।"

सब-इन्सपेक्टर ने सलाम बजाकर कहा, "जी सर!"

"डाक्टर के डाइवर को ले जाओ।"

सवेरा हो आया था। बारिश भी थम गई थी। हलकी बूंदा-बांदी जारी थी।

आउट-हाउस से इसी बीच जमादार-जमादारनी निकलकर चक्कर काटने लगे थे। किसीके हाथ में झाड़ू, किसीके हाथ में बेड-पैन।

दो नंग-धडंग लड़के—पानी-जमे एक गड्ढे में उछल-उछल कर कीच-पानी से देह की गत बना रहे थे।

पेड़ों की डाल पर कौए कांव-कांव कर रहे थे। पत्तों पर से टप-टप पानी की बूंदें गिर रही थीं।

अस्पताल के फाटक पर कुछ लोग जुट आए थे। दंग होकर देख रहे थे और सोच रहे थे, अस्पताल में पुलिस कैसे?

एस० पी० सिगरेट पी रहे थे और बीच-बीच में हाथ की छड़ी के साथ जूते की नोक से कीचड़ छुड़ा रहे थे।

पोस्टल सुपरिण्टेण्डेण्ट चमड़े का कैश-बेग, एक बीमा का लिफाफा लिए बाहर आए। बोले, "शायद इसीके लोभ से मिस्टर चौधरी, दि एटेम्प्ट वाज़ मेड (हमला किया गया था)। हज़ार रुपये का इनश्योर (बीमा)। इस थैले में नाम को ही रुपया था—सिर्फ ढाई सौ। एवरी थिंग इज़ इन्टैक्ट (सब कुछ ज्यों का त्यों है)।"

"येस।" एस० पी० ने देखा।

इतने में गाड़ी स्टार्ट की गई। एस० पी० ने हाथ के इशारे से चलने को मना किया।

पोस्टल सुपरिण्टेण्डेण्ट ने कहा, "ही हैज़ सेव्ड इट। येस, ही हैज़ सेव्ड इट...इसे मैं..."

जाने लगे। एस० पी० ने रोका, "अभी नहीं, उसे ज़रा संभल जाने दीजिए। चलिए, पहले हम 'प्लेस ऑफ ऑकरेंस' (घटनास्थल) देख आएं।"

दोनों गाड़ी पर सवार हुए। गाड़ी चल दी।

अस्पताल के बरामदे से होकर दीनू को स्ट्रेचर पर लाकर बेड पर सुला दिया गया। नींद की दवा पिला दी गई।

दीनू की नज़रों में अंधेरी रात का वह भीगा जंगल नाच उठा। नींद की दवा के नशे में वह तसवीर आड़ी-टेढ़ी होकर गुम गई मानो। आंखें बंद होने लगीं।

एक नर्स पंखा झल रही थी।

उधर घटनास्थल पर वह मोटर दिखाई पड़ी।

शंभू ने वह जगह दिखाई, "ठीक यहीं पर, सर! जी हां, यहीं पर। काफी लहू गिरा था। पानी से धुल गया शायद। हमारी गाड़ी की रोशनी देखकर वे लोग इधर से जंगल में भाग गए।"

रास्ते में उस वक्त भी पानी बह रहा था।

एस० पी० ने पैनी निगाह से देखा। वहां सिर्फ लालटेन और पगड़ी पड़ी थी।

वे जंगल में घुसे। पानी से सब निशान धुल गए थे।

लौटकर फिर घटनास्थल पर आए। जमे हुए पानी को निकलने के लिए लाठी से लकीर खींचकर राह बना दी। पानी के निकलते ही दोनों घुटनों और हाथ के पञ्जों की छाप निकल आई।

औंधा पडकर दीनू ने डाक के थैले को छिपाया था—यह रहा। जिस आदमी ने लाठी चलाई थी, वह इधर था, जंगल की ओर।

एस० पी० झुके। उनके साथ-साथ पोस्टल सुपरिण्टेण्डेण्ट और सब-इंसपेक्टर भी झुके।

एस० पी० ने कहा, "हूं। छाती की ओट देकर ही थैले को बचाना चाहा था। उसने जान लड़ा दी थी। बेशक, 'ही इज़ ए ब्रेव मैन' (वह एक बहादुर आदमी है)..."

तीसरे पहर का समय। बदली छंट आई थी। आसमान में छंटते बादलों और सूरज की किरणों में धूप-छांह का कौतुक। उसी कौतुक की छाया आकर पड़ी थी उस समय बिस्तर पर पड़े दीनू के चेहरे पर। एक तरफ थे पोस्टल सुपरिण्टेण्डेण्ट। सिरहाने की मेज़ पर कुछ फल सहेज-

कर रखते हुए उन्होंने पूछा, "मुझे पहचान रहे हो?"

दीनू ने डरते हुए कहा, "हुज़ूर!" हाथ उठाकर उसने सलाम करने की कोशिश की।

"रहने दो। तुम चंगे हो लो! जल्दी ही चंगे हो जाओगे —डरने की बात नहीं।"

"जी, हुज़ूर।"

"बड़े बहादुर हो तुम। बड़ी हिम्मत दिखाई तुमने। सरकार तुमसे बहुत खुश हुई है। इसके लिए तुम इनाम पाओगे। मैं सिफारिश करूंगा।"

दीनू के होंठ थर-थर कांपने लगे। उससे जवाब देते न बना या शायद जवाब दिया नहीं।

पोस्टल सुपरिण्टेण्डेण्ट ने पूछा, "कै जने थे लुटेरे?"

"जी?"

"डकैतों के बारे में पूछ रहा हूं।"

डरते हुए अस्पष्ट ढंग से बोला, "ड...कै...त...?"

"हां, कितने थे वे? किसीको पहचाना था? अंधेरा ज़रूर था, मगर वे तो बिलकुल करीब आए थे।"

दीनू रोने लगा।

"रोते क्यों हो? रोओ मत।"

"मुझे वे मार डालते हुज़ूर...मैं मर जाता...!"

"नहीं, नहीं, तुम जल्द ही ठीक हो जाओगे। खैर, तुम सोचो, सोच देखो, किसीकी शक्ल याद हो जाए अगर। मैं फिर आऊंगा।"

वे उठ गए।

दीनू एकटक खिड़की से बाहर पश्चिम आकाश की ओर ताकता रहा।

एकाएक शांत स्वर में ही बोल उठा, "हुज़ूर!"

साहब मुड़े, "कुछ कहना है?"

"जी।" उसी तरह से खिड़की की ओर ताकते हुए उसने कहा।

"कहो, क्या कहना है, कहो।"

उसकी आंखों से आंसू बहने लगे। किसी तरह बोला, "हुज़ूर!"

साहब ने कुछ क्षण इन्तज़ार किया। उसके बाद बोले, "कहो, क्या इच्छा हो रही है, बताओ।"

अपने को ज़ब्त करके दीनू ने कहा, "जी, मेरा लड़का..."

आंखों से आंसू बहने लगे। सूरज की जोत तीखी होकर उसके चेहरे पर पड़ी। दीनू ने मुंह फेर लिया।

साहब झट आगे बढ़ गए, खिड़की के कांच को बन्द करते हुए कहा, "अपने लड़के को देखना चाहते हो?"

अंधेरी छाया में दीनू ने कहा, "जी हुज़ूर।" उसने एक गहरा निश्वास छोड़ा।

"खैर, इसकी फिक्र कैसी? तुम्हारे पोस्टमास्टर को आज ही तार भेज देता हूं।"

दीनू की आंखों से आंसू बहते रहे।

साहब समीप गए। हंसकर बोले, "रो क्यों रहे हो?"

दीनू ने कहा, "हुज़ूर!"

साहब ने हाथ की फाइल दिखाते हुए कहा, "मैं इसमें पढ़ रहा था। यह तुम्हारी फाइल है। तुम्हारे नौकरी करने की शुरुआत से अब तक की सारी बातें इसमें दर्ज हैं। मैं पढ़ रहा था, तुम बड़े साहसी हो। पक्के लठैत। भूत-प्रेत, डकैत किसीकी परवा नहीं। नवग्राम में जब डाकघर खुला, और सूंदीपुर के बरगद के भूत और लठैतों के डर से जब कोई 'रनर' (हरकारा) मिलना मुश्किल हो गया, तो वहां के ज़मींदारों ने तुम्हें पेश किया। हरकारे का काम करते तुम्हें पन्द्रह साल हो गए, क्या आंधी और

क्या पानी, कभी भी तुम्हें पांच मिनट की भी देरी नहीं हुई। आज तुमने डकैतों से सरकारी डाक को बचाया है—चोट आई है, लेकिन खास कुछ नहीं। कुछ ही दिनों में ठीक हो जाओगे। रो क्यों रहे हो?"

दीनू स्थिर और पलकहीन आंखों से ताकता रहा...

उसके अंतर की आंखों में बीते दिनों की बात जाग पड़ी।

पन्द्रह साल पहले...

नवग्राम का डाकघर। माटी की दीवारें। फूस की छौनी। काठ की खूंटियोंवाला मिट्टी का बरामदा। उसी बरामदे पर गांव के चार-पांच भले आदमी, पोस्टल इन्सपेक्टर बैठे हैं, पोस्ट मास्टर खड़े हैं, खड़े हैं ओवर-सियर और डाकिया और बरामदे के नीचे की खुली जगह में खड़ा है पन्द्रह साल कम उम्र का दीनू। दीवाल पर के नोटिस-बोर्ड के एक नोटिस पर लिखा है—1928 मार्च।

प्रौढ़ दाशरथी बाबू—सौम्य संभ्रांत चेहरा। उन्होंने कहा, "यह काम तुझे कबूलना ही पड़ेगा, दीनू! गांव की इज़्ज़त रखनी होगी। सूंदीपुर के बरगद के भूत के डर से रात को डाक नहीं जा पाती—एक दिन की देर हो जाती है जाने में, पाने में भी। इससे गांववालों को असुविधा होती है, गांव की बदनामी भी है। मैं जानता हूं, तू यह काम कर सकेगा।

दीनू की भीतरी आंखों में सूंदीपुर के बरगद की रात की सूरत और घने जंगल की वह राह भूल गई। बरगद की डालें डोलती रहतीं।

उस नज़ारे के बीच ही में दाशरथी बाबू की आवाज़ कानों में पहुंची। वे कहते ही जा रहे थे, "यह बखूबी कर सकेगा, इन्सपेक्टर साहब! अभी उस दिन की बात है, बड़े लड़के को तार लगाने के

लिए रात के आठ बजे मैंने इसे बोलपुर भेजा, तीन बजते-बजते तार लगाकर लौट आया। यह मेरे कमिये का लड़का है। लठैत पक्का है, मगर भला है—दंगा-हंगामा नहीं करता। धर्म से डरता है—चोर-डकैत की छांह नहीं छूता। यमराज से भी नहीं डरता। 'पा-हवा' भी है।"

राह का नज़ारा खो गया। दीनू वास्तविक जगत् में लौट आया।

इन्सपेक्टर ने पूछा, "यह 'पा-हवा' क्या हुआ?"

"ओ! 'पा-हवा' यानी हवा-सा उड़ता हो पांव जिसका। यानी खूब तेज़ चल सकता है। एक बार का जिक्र है, मेरा लड़का महल में था—यहां से पांच-छ: कोस का रास्ता; ज़रूरी खबर ले जानी थी और तुरत वापस भी होना था—मतलब एक सांस में दस कोस-बीस मील! और दीनू चार घण्टे में लौट आया था।"

"गर्ज़ कि घण्टे में पांच मील! शाबाश!" दीनू ठीकरे से ज़मीन पर लकीरें खींचता चला जा रहा था। ठीक इसी समय पोस्ट मास्टर की लड़की—आठ-दस साल की होगी—ने अन्दर से झांककर कहा, "चाय बन गई बाबूजी, ले आऊं?"

उन्होंने मुड़कर देखते हुए कहा, "ले आ।"

वह लड़की चली गई।

मास्टर ने डाकिये से कहा, "गिरा न दे कहीं। तुम ले आओ।"

डाकिया चाय के लिए अन्दर चला गया।

इन्सपेक्टर साहब को जवाब में दाशरथी बाबू ने कहा, "आप इसीको बहाल करें; ज़रूरत हो तो मैं उसका ज़ामिन होने को तैयार हूं। डाकू-बटमार उन दिनों थे, अब नहीं हैं—सिर्फ डर ही रह गया है। क्यों दीनू, डकैतों का डर है—डर यानी छीन-छोट का?"

नज़र झुकाए हुए दीनू ने ज़रा हंसकर कहा, "जी नहीं। वह सब

अब कहां भला? वह समय भी न रहा, वे लोग भी न रहे। दो-चार जने हैं, इक्के-दुक्के किसी कमज़ोर को पा जाते हैं, तो थप्पड़-मुक्का से डराकर गठरी-मोटरी ले भागते हैं। सो भी दिन में। रात में नहीं। दैत्य-दानव जैसे जो लोग थे, सबके सब गुज़र गए। उनकी औलाद भी न रही। पाप करके भी कोई जीता है? नहीं जीता!"

"तो तुम कर सकोगे यह काम, क्यों?" इन्सपेक्टर ने पूछा।

इसी बीच कांसे की तश्तरी पर चाय के कप रखकर डाकिया ले आया। पोस्ट मास्टर ने कप लोगों की ओर बढ़ाया।

दीनू ने कहा, "आप लोगों का हुकुम होगा, तो कर क्यों नहीं सकूंगा हुज़ूर? कर सकूंगा।"

"भूत-प्रेत का डर?"

दीनू फिक् से हंस पड़ा, "भूत-पिरेत कहां है हुज़ूर। यह सब तो बिगड़े-भटके औरत-मर्द की करतूत है।"

"तुम भूत नहीं मानते?"

"राम-राम करते हुए निकल जाऊंगा हुज़ूर।"

"सोच लो। सांझ को चलकर ग्यारह बजे तक बोलपुर पहुंचना होगा। और फिर तीन बजे वहां से चलकर छः बजे तक यहां पहुंचना होगा। बनेगा?" चाय पीकर इन्सपेक्टर ने प्याला नीचे रख दिया। सिगरेट केस खोलकर दाशरथी बाबू की ओर बढ़ाते हुए बोले, "लीजिए।"

दीनू ने कहा, "खूब बनेगा। यही तो है बोलपुर! हमेशा ही तो जा-ता-आता हूं।"

सिगरेट सुलगाकर इन्सपेक्टर ने कहा, "सरकार बहादुर की डाक। रुपया-पैसा, इन्श्योर-रजिस्ट्री। कितने-कितने लोगों को चिट्ठियां। आंधी आए चाहे पानी पड़े, डाक तुम्हें पहुंचानी ही पड़ेगी।"

"ज़रूर पहुंचाऊंगा हुज़ूर-बेउज्र।"

"हां! पहुंचाना ज़रूरी है। राह में कहीं एक मिनट को रुकना नहीं, बैठना नहीं, किसीसे बात करने को थमना नहीं। तुम सरकार बहादुर की डाक लेकर जाओगे।"

अबकी बातों के प्रभाव से दीनू जरा आतंकित हुआ। बोला, "जी हां।"

दाशरथी बाबू ने कहा, "चोर आए, डाकू आए, जान लड़ाकर बचाना—हां!"

"जी हां।"

इन्सपेक्टर ने कहा, "आफत के समय याद रहेंगी तो ये बातें? उस समय मारे डर के भूल तो नहीं जाओगे? डाक फेंककर जान लिए भाग तो न खड़े होगे?"

दीनू ने हाथ जोड़कर कहा, "सब कोई सब कुछ बेचकर खाता है, धरम बेचकर कोई नहीं खाता, खाना नहीं चाहिए। मैं हरगिज़ नहीं खाऊंगा!"

इन्सपेक्टर ने ओवरसियर और पोस्ट मास्टर से कहा, "तो इसीको बहाल कीजिए। और रूट (रास्ता) बदलकर डाक इस रास्ते से जाया करे। सांझ के बाद ही यहां से डाक जाया करेगी और रात ही वहां से चलकर सुबह यहां पहुंचा करेगी।" दीनू से बोले, "पन्द्रह रुपये माहवार मिलेंगे तुम्हें। ओवरसियर साहब के पास कागज़ पर अंगूठे का निशान लगा दो। पेटी ले लो, कोट ले लो। ख्याल रहे, तुमने सरकार बहादुर की डाक ढोने का भार उठाया है।"

सरकारी कुरता पहने, कमर में पेटी, माथे पर पगड़ी बांधे, कांधे पर धुंघरू-घण्टी और बल्लमवाली लाठी लिए ज़रा गुमान से दीनू गांव की छोटी-मोटी कुछ दुकानोंवाली सड़क से होता हुआ घर लौटा।

रास्ते की एक दुकान पर हरिदास बाऊल झूला पहने इकतारे पर गीत गा रहा था। सुनकर दीनू खुश हुआ। लोगों से पैसा मांगते हुए घू-मता-घूमता वह दीनू के पास आ खड़ा हुआ। पगड़ी-कुरते में दीनू को देख वह पहचान ही नहीं सका। चीन्हा तो हैरान होकर बोल उठा, "ऐं! दीनू!"

दीनू ने एक पैसा देकर कहा, "जी हां। पहचान नहीं पा रहे हो?" उसके मुंह की ओर देखते हुए उसने कहा, "पहचान तो नहीं पा रहा हूं भैया! यह पोशाक, यह पेटी, ऐसी पगड़ी। फिर एक पैसा दे डाला—बाप रे!"

चारों तरफ जो भीड़ जमा थी, उसके अन्दर से कोई बोल उठा, "अरे बाप रे! ठीक तो—यह तो दिनुआ है! मैंने सोचा, कोई सरकारी चपरासी-वपरासी है!"

एक ने कहा, "सुआ चला वन के अन्दर से,
लाल अंगोछा माथे धर के!"

इनकी बातों पर कान न देकर दीनू ने कहा, "नौकरी जो मिल गई, बाबाजी।"

"नौकरी!"

"हां, हां, नौकरी बुला करके दी।"

"बुलाकर दी?"

"खास सरकारी नौकरी। हरकारा। पन्द्रह रुपये माहवार। ऊपर से यह कुरता, पेटी, पगड़ी!"

बाबाजी ने कहा, "बलिहारी! पन्द्रह रुपया महीना, ऊपर से कुरता, पेटी, पगड़ी!"

और बाबाजी ने गीत शुरू कर दिया:

अहा, लाल पगड़िया बांधे माथे,
राजा बने आप मथुरा के!

मुरली छोड़ दंड धर मितवा न्यायी तो बन आए
दंड कहीं दो राधा को तो मान भला रह पाए?
सुनो, तुम्हारी करूं शिकायत
मक्खन, चीर चुराकर चंपत।
आखिर को हरकर पर की पत—अपने कहां पराए?
बांधो उसे विचार करो—कुछ नहीं बहाना सुनना
राजा होकर भी मितवा तुम, हाय हुए क्यों विधना...

गाना खत्म करके हरिदास ने उसकी ठुड्डी पकड़कर मज़ाक में कहा, "इसीलिए मुझको पैसा दिया! हरिबोल! तेरा भला होगा रे दीनू, भला होगा तेरा।"

एक ने कहा, "तो अब लोटन चौकीदार के आगे तेरा झुका हुआ सिर उठा!"

दीनू ने कहा, "उठा के क्या मानी! उससे ऊंचा हुआ, ऊंचा! वह तो बस चौकीदार है। मास्टर बाबू ने बताया, उसकी नौकरी तो छोटी गुरमिंट की है—मेरी बड़ी गुरमिंट की; भारत सरकार की! हां! लेकिन हां, नौकरी है उसकी आराम की। उसकी तरह घर में लेटे-लेटे खिड़की खोलकर 'ऐ है' चिल्लाने से काम नहीं चलने का। मेरी नौकरी—सरकार बहादुर की डाक—आंधी हो कि पानी, चाहे गाज ही गिरे, ठीक समय पर डाक पहुंचानी ही पड़ेगी। खैर, चलता हूं बाबाजी, नहीं तो उधर फिर टिकट काट देगा-शराब की दुकान पर, हां!"

उधर, दीनू के घर पर दीनू की स्त्री सादो यानी सौदामिनी बरामदे में बैठी भात पका रही है। एक ढिबरी जल रही है। मिट्टी के बर्तन-भाड़ों की गिरस्ती। केवल एक लोटा चम-चम चमक रहा है। टहटह आंदनी। आंगन के पास सब्ज़ी की एक क्यारी। बाड़े से घिरी। एक ओर दो बैल,

दो गायें। बैठे जुगाली कर रहे हैं।

करीब ही कहीं से आ रही है 'ठक्-ठक्, ठक्-ठक्' की आवाज़।

कुछ ही दूर पर खुली जगह में आठ-नौ साल का उसका लड़का निताई कुछ लड़कों के साथ लाठी खेल रहा है। आवाज़ उसीकी आ रही है।

दीनू की स्त्री उठकर बरामदे के एक किनारे आ खड़ी हुई। छप्पर की जाफरी को थामे ज़रा झुककर हांक लगाई, "निताई......अरे ओ निताई!"

जवाब में सिर्फ 'ठक्-ठक्' वाली आवाज़ ही आई।

वह आंगन में उतरी। फिर आवाज़ दी, "नि-ता-ई!" अबकी उस 'ठक्-ठक्' के साथ ही जवाब आया, "क्या?"

"मैं पूछती हूं, कर क्या रहा है, सुन जा ज़रा।"

"अभी तो आया मैं! समय नहीं है।"

"समय नहीं है! नहीं, सुन जा।"

"मैं नहीं जाता! अबे ऐ!" (यह डांट खिलाड़ी को बताई)—

"हरामज़ादा, बदमाश......"

कहते-कहते वह आगे बढ़ी। अब लाठी खेलनेवाले लड़के दिखाई दिए। नंगे बदन, घुटने तक कसकर कपड़े पहने कुछ लड़के बड़ी कुशलता से लाठी खेल रहे थे।

है ऐ......है ऐ!

है......है......है!

और फिर 'ठकठक, ठकाठक' लाठियों का लड़ना।

सादो जाकर वहां खड़ी हुई। कहा, "निताई! लाठी छोड़।"

कोई जवाब दिए बिना निताई खेलता गया—मुकाबले वाले की लाठी पर चोट करते हुए आवाज़ लगाता गया, "ऐ है, ऐ है, है..."

दूसरा खिलाड़ी पीछे हट रहा था।

सादो ने रूखी आवाज़ में कहा, "निताई......अरे हरामज़ादा......"

"क्या है री हरामज़ादी! ऐ है!" और वह पलटकर अपनी जगह पर आ खड़ा हुआ।

"लाठी रख दे। सुन।"

"नहीं-नहीं। भात अभी नहीं खाऊंगा। जा तू।"

"मारते-मारते हड्डी-मांस अलग-अलग कर दूंगी...कहे देती हूं। तेरा बाप वही जो गया है, लौटा नहीं। बाबुओं के यहां गया है। ज़रा देख तो आ।"

"गया है, तो आ जाएगा। मैं अभी नहीं जाता, जा।"

"अरे मुंहझौंसा, चपरासी बता गया कि सरकारी हाकिम ने बुलाया है। सरकारी हाकिम ने बुलवाया है और इतनी देर हो गई—ज़रा देख तो आ..."

"जहन्नुम में जाए वह, मैं नहीं जाता!"

"क्या कहा, जहन्नुम में जाए! जहन्नुम में जा तू!"

"तू जा, तू! तू जा, तू!"

इस कहा-सुनी से दूसरे लड़के थम गए। एक ने कहा, "मां कह रही है, जा भी निताई। कल खेलेंगे।"

निताई ने गुस्से से पलटकर एक नज़र मां की ओर देखा और उलटा चल पड़ा। सादो ने समझा, वह बाप की तलाश में चला, सो वह बोली, "बाबुओं के यहां देखना। वहां न मिले तो ज़रा भट्ठी में झांक लेना......"

निताई ने मुंह चिढ़ाकर कहा, "ऐं-ऐं-ऐं!"

ठीक इसी समय घर की ओर से किसीके भारी गले की आवाज़ आई, "अरी ओ सद्दो बहू! दीनबन्धु की औरत! ऐ......"

सादो चौंक उठी। निताई ठिठक गया।

आवाज़ फिर आई, "अबे नित्ता—दीना का बेटा......"

सादो ने बेटे की ओर देखते हुए शंकित स्वर में कहा, "कौन है रे! यह पछांह जैसा कौन पुकार रहा है? पुलिस-वुलिस तो नहीं?"

निताई मुड़ा। आवाज दी, "कौन है?"

असल में पुकार दीनू रहा था। हलका-सा नशा हो आया था उसे। घर के एक और खड़े, पगड़ी-पेटी के मौज में हाथ के भाले को ठोकते हुए आवाज़ बनाकर बीवी-बेटे से खुशी-खुशी मज़ाक कर रहा था।

"ऐ सद्दो बहू! ऐ दीना का बेटा! हरामज़ादा!"

मां-बेटे आंगन के उस तरफ जा खड़े हुए।

निताई ने पूछा, "कौन हो तुम?"

दीनू ने जवाब दिया, "सरकारी आदमी है। गुरमिंट का आदमी! चलो—तुम लोगों को जाना पड़ेगा!"

सादो ने चुप-चुप निताई से कहा, "कह दे, बाबूजी, घर पर नहीं है। आएगा तो आना।"

निताई के जवाब देने से पहले ही दीनू बोल उठा, "नहीं-नहीं। सरकारी हुकुम है। मां-बेटे, तुम दोनों जने को डाकघर के थैले में भरकर चालान करेगा।"

"चालान करेगा? काहे को चालान करेगा?"

अबकी निताई लपका और पगड़ी की पूंछ पकड़कर उसने उसे खोल दिया। ज़ोर से चिल्लाया, "मैया री मैया—यह तो बप्पा है। पगड़ी बांधकर आया है।"

दीनू की हंसी का क्या पूछना। निताई को गोदी में उठा लिया। हंसने लगा सो हंसने ही लगा, "हहा, हहा, हहा!"

अब सादो आगे बढ़ आई। गाल पर हथेली रखकर अचरज से पूछा, "हाय राम, यह सब क्या! ऐं?"

"यह सब? कुरता है।"

"सो तो है। और यह कमर में?"

"यह पेटी है। पीतल का यह देखो। खुदाई देखी? देखो।"

हाथ पकड़कर वह स्त्री को बरामदे में ले गया और ढिबरी को उठाकर पेटी के सामने रखा।

"देखा? खोद कर लिखा है?"

"ठीक तो। क्या लिखा है भला?"

"हरकारा। गुरमिंटी आदमी।"

"यह कहां से मिला तुमको?"

"हुं-ऊ।" दीनू भरसक हरिदास बाऊल के गीत की नकल करते हुए गा उठा, "हाय, लाल पगड़िया बांधे माथे; राजा आप बने मथुरा के ...... धत्तरे की, भूल गया। अरे ऐं... 'ज़रा छोटे की करतूत देखो तो सही। पगड़ी का कर क्या रहा है। अबे, धूल लग रही है, धूल।"

निताई पगड़ी अपने सिर पर लपेट रहा था। एक छोर ज़मीन पर लोट रहा था। दीनू दौड़कर गया। पगड़ी उससे छीन ली।

"अरे बाबा, खास गुरमिंटी चीज़ है, मज़ाक नहीं। ज़रा कुछ हुआ कि मुझपर जुरमाना होगा, तुझे पकड़ ले जाएगा। खबरदार!"

"हुं! मैं ऐसी ही पगड़ी लूंगा। हुं!"

"ले दूंगा तुझे। छोटी-सी ले दूंगा। इसे मत छूना।"

"अभी। अभी ही लूंगा। हुं।"

"ज़रा इस पगले का पागलपन सुन लो। आज ही कहां से लाऊं भला। तनखा मिलने दो। खरीद दूंगा। सुनो भी, सरकार बहादुर के डाक महकमे के 'निसपिट्टर' साहब ने खुद बुलवाकर मुझको हरकारे की नौकरी दी। पंद्रह रुपये तनखा। सिर्फ रात को डाक लेकर बोलपुर जाना होगा। फिर रातों-रात लौट आना पड़ेगा। समझा! दिन में एक शाम अपना काम, एक शाम बस सोना! समझा! पहले महीने की तनखा

मिलते ही तुझे एक कमीज़ ले दूंगा और एक लाल पगड़ी खरीद दूंगा और सादो को......"

"न, आज ही खरीद दो। मैं आज ही लूंगा। नहीं तो वही दे दो......"

निताई पगड़ी खींचने लगा।

"निताई!"

"नहीं, नहीं, नहीं!"

"अबे नहीं, नहीं, सुन। पगड़ी बांधने से डाक ढोना पड़ेगा। यह देख, इस तरह।" उसने खुद पगड़ी बांधी, बल्लम को कंधे पर रखा और आंगन में हरकारे की चाल का अभिनय करने लगा—घंटिया बजाने लगा। कहने लगा, "सरकार बहादुर की डाक। पांच मिनट की भी देर हुई कि डाकगाड़ी छूटी। चाहे पानी पड़े, चाहे आंधी आए और चाहे बज्जर गिरे......रुकने का उपाय नहीं—हां। अंधेरे में, सूंदीपुर के बरगद के नीचे से......"

अंधेरी रात में जंगल के बीच सड़क पर झुमुर-झुमुर घंटियां बज रही हैं। दीनू डाक लेकर दौड़ रहा है। अंधेरे में वह अंधकार का ही बना-सा लग रहा है। सामने वह रहा सूंदीपुर का बरगद......

नीचे घुप-घुप अंधेरा। फुसफुसाहट। डालें हिल रही हैं। कोई हिला रहा है मानो।

दीनू पेड़ तले पहुंचा कि ऊपर से झरझरा कर कंकड़-बालू गिरने लगे। दीनू चलता गया और हंसता गया।

नकिआए स्वर में सवाल आया, "अंरें, कों हैं रें?"

दीनू ने डपटकर कहा, "सरकार बहादुर की डाक है। मैं हरकारा हूं, नौगिराम का दीनू, मोरे रसिया!"

"इस रास्ते से मत जाना। मरेगा तूं—समझ लें।"

"आज ही रात लौटूंगा। कसम रही तुझे, उतरकर रास्ते पर खड़ा

रहना और बने तो गरदन मरोड़ देना।"

दीनू बढ़ता गया। सूंदीपुर पीछे छूट गया।

काफी दूर जाने पर जंगल खत्म हुआ। बैहार के बीच से सड़क। बगल में बस्ती। कुत्ता भौंक उठा।

दीनू ने परवा न की। चलता गया।

बैलगाड़ियों की कतार। लदी गाड़ियां। पहियों से कर्र-कों की आवाज़। उनकी बगल से वह उनसे आगे निकला।

थोड़ी दूर और बढ़ा कि स्यार हुआ-हुआ कर उठे।

दीनू चलता चला।

और कुछ दूर गया कि बोलपुर की रोशनी दिखाई दी।

किसी रेलगाड़ी की सीटी सुनाई पड़ी।

दीनू और तेज़ी से लपका।

शहर के मोड़ पर दाखिल हुआ। और उसके बाद सीधे डाकघर के बरामदे पर।

कहा, "हुज़ूर, पोस्ट मास्टर बाबू!"

अन्दर रोशनी जल रही थी।

डाकिये ठपाठप चिट्ठियों पर मुहर मार रहे थे। आवाज़ हो रही थी।

टेलिग्राफ की मशीन से टकटक जारी थी।

जवाब में अन्दर से किसीने पूछा, "कौन है?"

"मैं नौगिराम का हरकारा, हुज़ूर।"

"नवग्राम की डाक?"

पोस्ट मास्टर ने घड़ी की ओर ताका। मन ही मन बोले' 'अभी तो नौ भी नहीं बजे। डाक वहां से चली कब थी?' खुद से ही जैसे उन्होंने पूछा।

एक डाकिये ने दरवाज़े से लगे छोटे दरवाज़े से मुंह बाहर निकाल-कर कहा, "ले आओ, अन्दर ले आओ।"

थैले को अन्दर लाकर दीनू ने डरते हुए पूछा, "डाकगाड़ी निकल गई, हुज़ूर?"

डाकिये ने कहा, "निकल गई? अभी तीन घण्टे की देर है! डाकगाड़ी बारह पर जाती है।"

"ओ। रेलगाड़ी की सीटी सुनकर खौफ से होश उड़ गया था मेरा! ओ। थोड़ा-सा पानी मिलेगा, हुज़ूर?"

पोस्ट मास्टर अवाक् होकर दीनू को देख रहे थे और उधर एक डाकिया ठपाठप मुहर मारता जा रहा था।

टेलिग्राफवाली कल को चलाते हुए पोस्ट मास्टर ने कहा, "पसीने से तू नहा गया है! तमाम राह दौड़ता ही आया है, क्यों? जा, उधर कुआं है, डोल है। भरकर पानी पी ले। मगर ज़रा रुककर पीना और आइंदा इस कदर बेतहाशा दौड़कर मत आना।"

दीनू चला गया।

डाकिये ने कहा, "अभी नया है। ज़रा पुराना हो जाने दीजिए, सोता हुआ आएगा। नवग्राम से बाहर हुआ नहीं कि सो जाएगा और यहां आकर नींद खुलेगी।"

पोस्ट मास्टर ने टेलिग्राफ में आखिरी ठोकर मारी और तब बीड़ी सुलगाई। बोले, "ठीक कहते हो। गोबिंद से, महेश्वर से घुलने-मिलने दो, तीन ही दिन के अन्दर चलते-चलते सोने के फन में माहिर कर देंगे।"

टेलिग्राफ मशीन फिर टकटका उठी।

पोस्ट मास्टर खीज कर बोले, "धत्तेरे की, फिर वही टकर-टकर। इस टकर-टकर के माथे झाड़ू। नाक में दम कर दिया।" और उन्होंने उसपर किताब डाल दी।

बाहर फिर हरकारे की घण्टियां बज उठीं।

एक हरकारे ने बाहर डाक की थैली पटकी।

दीनू तब तक बैठकर मजे में बीड़ी पी रहा था। अंदर से डाकिया निकला, "कौन है रे, कौन आया?"

नये हरकारे ने कहा, "मैं हूं।"

"मंहेसर?"

"हां।"

"रतनपुर से आने में तुझे इतनी देर? देख ले, नवग्राम से यह तुझसे पहले ही आया जबकि फासला तुझसे दो कोस ज़्यादा ही है। मैं कहता हूं ओवरसियर से, ठहर।"

"आखिर हम इंसान हैं कि घोड़ा? कहा तो मेरी बला से! आ तो रहा हूं। पैर ही तो हैं।"

डाकिये ने कहा, "और उसके शायद पैर नहीं हैं? बदमाश, रास्ते में कितनी बार बैठा था? कितनी बार चिलम पी? कितनों से गपशप की?"

महेश्वर थैला लेकर अंदर जाते-जाते बोला, "लो सम्हालो; तुम लोगों की बस एक ही बात।" वह अन्दर गया।

डाकिये ने दीनू से कहा, "तुम वहीं सो रहो। तीन बजे तक निश्चिंत हो अभी।"

इधर सूर्योदय हो रहा है। मजीरे पर दूर कोई गाता जा रहा है—जागिए गोपाल लाल पंछी वन बोले। गीत की यह एक कड़ी खो गई। सादो फूस के गुहाल से गायों को बाहर बांध रही है। मार्च का महीना—फागुन बीतकर चैत आया है। करीब ही एक टेसू के पेड़ पर बेशुमार फूल खिले हैं। नीम में सुकुमार पत्ते झलकने लगे हैं। अभी-अभी सोकर जगा निताई बाप के हुक्के में दम लगा रहा है।

सादो गुहाल से निकलते वक्त माथे में चोट खाकर 'ओह-हो' कहती हुई बैठ गई। निताई ने उझककर देखा और कहा, "इत्ता-सा तो दरवाज़ा है और

इतना बड़ा सिर किए निकल रही है, हरामजादी। ठीक हुआ है। लहू बहा?"

बेटे की तरफ क्रोधभरी निगाह से देखकर सादो ने कहा, "वो लगाऊंगी झापड़ मुंह में कि...!" वह उठी और दरवाज़े की ओर देखकर बोली, "इसे तोड़कर गुहाल बनवाऊंगी, तब मेरा नाम ......!"

"मुरमुरे दे मुरमुरे!"

आंगन पार करते हुए सादो ठिठकी, फिर मुरमुरे के लिए अन्दर गई।

निताई ने नकल करके नाहक ही गाने की कोशिश की—"जागो गोपाल लाल पंछी वन बोले।"

निताई के फैले गमछे पर मुरमुरे डालते हुए सादो ने कहा, "मुरमुरे फांकते हुए जा ज़रा, देख आ।"

"क्या?"

"अपने बप्पा को। डाकघर जा ज़रा।"

मुरमुरे सहित गमछे को समेट उठकर चलते हुए निताई ने कहा, "तेरा ज़ी उफन रहा है तो तू जा। मैं महुआ चुनने जा रहा हूं। बेर हो जाने से एक भी नहीं मिलने का।"

"नित्तो!"

निताई ने गाना शुरू किया,

"अरे वाह, साहब राह बनाई!
छै माह की राह, कल की गाड़ी पल में भगाई।
अरे वाह..."

और उधर नवग्राम के डाकघर में डाक की थैली काटी गई।

दीनू एक ओर बैठकर चिलम चढ़ा रहा है। डाकिया नाम पढ़-पढ़-कर चिट्ठियों को छांट रहा है।

पोस्ट मास्टर कैश बैग और रजिस्ट्री बैग मिला रहे हैं। ठीक हैं। दुरुस्त।

बाहर चिट्ठी लेनेवाले लोग इन्तज़ार में खड़े हैं।

दीन बरामदे के एक कोने में चिलम में दम लगाने लगा।

विलायती मास्टर ने बाहर से कहा, "देखें-देखें, ज़रा वह पैकेट? मेरा ही है न, रामलाल।"

एक ने पूछा, "अरे, वह है क्या, विलायती मास्टर?"

"हारस्कोप, यानी जन्मपत्री। जर्मनी से किसीने इश्तहार दिया था, जन्म की सन्-तारीख लिख भेजो तो जन्मपत्री बना देंगे। उसीने बना के भेजी है।"

डाकिये से विलायती मास्टर ने जन्मपत्री ली। उसे खोला। कई जने झुककर देखने की कोशिश करने लगे। मास्टर ने कहा, "नहीं-नहीं, जन्मपत्री क्या देखोगे? नहीं।" समेट कर चल दिया।

एक ने कहा, "विलायती मास्टर! खासा नाम! हरदम विलायती ताक में।"

डाकिये ने दरवाज़े से मुंह निकालकर कहा, "थाना। थाने की डाक।"

भीड़ के पीछे से एक सिपाही ने कहा, "हटिए-हटिए!"

सिपाही चिट्ठियां लेकर चला गया।

डाकिये ने आवाज़ दी, "यूनियन बोर्ड। कौन हो? लोटन?"

लोटन चौकीदार बढ़ आया, "जी।"

"यह यूनियन बोर्ड और यह दाशरथी बाबू का अपना।

"स्कूल से कौन आए हैं?"

दो लड़के सामने आए, "दीजिए।"

डाक लेकर लड़के चले गए।

एक ने पूछा, "मेरा कुछ है, रामलाल?"

"कौन? गोपेश्वर बाबू?"

"हां, भैया। आज भी मेरी चिट्ठी नहीं आई?"

"कहां! देख तो नहीं रहा हूं।"

"तो? हे नारायण! लड़के की चिट्ठी आज भी नहीं आई?" आंखों में मोटे कांच का चश्मा, बदन पर बनियान, लाठी ठक-ठक करते हुए चले गए।

किसी और ने आवाज़ दी, "रामलाल, अरे सुन रहे हो?"

"जी।"

"और मैं?"

"बैठिए, सुरेश बाबू। बैठिए। दे रहा हूं। रमेंद्र मुखर्जी!"

डाकिये ने एक रंगीन लिफाफा बढ़ाया। रमेन आगे बढ़ा।

रमेन और डाकिया—दोनों जने ज़रा हंसे।

सुरेश ने कहा, "अरे, रंगीन लिफाफा! ऐं!" दोनों भवें नाच उठीं।

डाकिये ने कहा, "खुशबू आ रही है। मंह-मंह।"

सुरेश ने रमेन से कहा, "इनाम दो रामलाल को। बीवी की पहली चिट्ठी! हां-हां!" रमेन हंसकर चला गया।

सुरेश फिर बोला, "ज़रा अखबार दो न रामलाल, देख लूं एक नज़र।"

सुरेश को एक अखबार देते हुए डाकिये ने कहा, "ज़रा होशियारी से खोलिएगा—मुड़े-सिकुड़े नहीं। दूसरे का अखबार है, बड़ा झल्लाता है। रिपोर्ट कर दे, तो आफत।"

साइकल पर एक नौजवान आया। पांव बरामदे में टिकाकर साइकल पर से ही बोला, "रामलाल, मेरा भारतवर्ष, प्रवासी..."

"आज तो आया नहीं, बाबू।"

"अच्छा। आज तो दो तारीख हो गई। और चिट्ठी?"

"आज चिट्ठी भी नहीं है आपकी।"

"धत्तेरे की।" साइकल बढ़ाकर वह चला गया।

सुरेश इस बीच अखबार खोल चुका था। बोला, "अरे बाप रे! कांग्रेस ने पूर्ण स्वाधीनता की शपथ ली। अंग्रेज़ों को अंतिम रूप से आगाह करने का गरमपंथियों का संकल्प। 1930 से पहले तै नहीं हो पाया तो आंदोलन छेड़ने का निश्चय।"

बगल से एक आदमी अखबार की ओर झुका—"देखें-देखें!"

पोस्ट मास्टर ने अन्दर से कहा, "ओह, इतना शोरगुल क्यों कर रहे हैं! धीरे-धीरे पढ़िए। रामलाल! दीनू कहां गया, दीनू!"

दीनू तंबाकू पीते-पीते ओट में चला गया था।

रामलाल ने आवाज़ दी, "कहां गया रे दीनू, दीनू!"

पोस्ट मास्टर बोले, "देखो, चला तो नहीं गया। नया आदमी है। कागज़ पर अंगूठे का निशान बनाने को कहा था उससे।"

"यह तो कल ही बता दिया था। दीनू?"

दूसरे दरवाज़े से दीनू अंदर आया। "जी, यह रहा मैं।"

पोस्ट मास्टर ने कहा, "है तू? ठीक है।" वे दूसरे काम में लग गए। "ले, इस कागज़ पर अंगूठे की छाप दे दे।"

काम करते-करते ही पोस्ट मास्टर ने कहा, "सुन ले। डाक लाकर यहीं रहना। सब मिल-मिला जाए, तो अंगूठे की छाप बना देना। फिर जाना।

खिड़की के बाहर से किसीने कहा, "दो पोस्टकार्ड, एक लिफाफा।"

पोस्ट मास्टर ने हाथ बढ़ाया, "पैसा।" उधर से एक हाथ अंदर आया। पोस्ट मास्टर ने पैसों को गिनकर बक्स में डालते हुए पीछे मुड़कर कहा, "दीनू से घास के लिए कह दिया रामलाल! मेरी गैया के लिए एक बोझा घास लाया करना दीनू। हां?"

अंगूठे की छाप देकर दीनू अपने माथे में स्याही पोंछ रहा था।

बोला, "जी!"

"रोज़ एक बोझा घास दे जाना होगा।"

"घास?"

रामलाल ने कहा, "हां रे हां, घास। गाय के लिए। जो हरकारा होता है, वही लाया करता है।"

पोस्ट मास्टर ने कहा, "महीने में तुझे कुछ दे दिया करूंगा मैं। समझ गया? तुम सब मदद नहीं करोगे तो मेरा गुज़ारा कैसे चलेगा? शाम को। डाक ले जाने के लिए जब आएगा न, उसी समय। उसी समय लाने से काम चल जाएगा।"

रामलाल ने कहा, "वाहियात घास नहीं, अच्छी। शाम को ठीक वक्त पर आना। क्यों, खड़ा क्यों है?"

"यह सब मैं ले लूं?"

जेब से उसने कुछ रंगीन लिफाफे निकाले।

"रामलाल ने अचरज से कहा, "देखूं, कहां मिला?"

"बाहर पड़ा था। उठा लिया। बाबू लोग फेंक गए।"

"हुं। रमेन की नई बीवी का रंगीन लिफाफा। खुशबू आ रही है। और विलायती मास्टर की जर्मन जन्मपत्नी का यह फ्लैप।"

"ले जाऊं?"

"ले जा। मगर करेगा क्या इनका?"

"लड़के को दूंगा।"

पोस्ट मास्टर काम में मशगूल थे। एकाएक पलटकर उन्होंने दीनू की तरफ देखा, उसके बाद दीवाल से एक पुराना कैलेंडर उतारकर उसे देते हुए बोले, "तुम्हारे लड़के को तसवीर खूब पसन्द आती है, क्यों? ले जा।"

उज्ज्वल आनन्द से दीप्त और साथ ही साथ कृतार्थ होकर दीनू ने वह तसवीर ली। लेकर चला गया।

सुरेश बनर्जी ने अखबार को पहले जैसा मोड़ दिया। अंदर दाखिल होते हुए कहा, "ले लो भैया रामलाल! हुबहू वैसा ही मोड़ दिया है।"

अखबार को धप्प से नीचे डालकर कहा, "मास्टर!"

"हुं। कहिए।"

"कहूं! कहते-कहते तो मुंह दुःख गया। रोज़-रोज़ कहूं भी कितना?"

"पत्ता?"

"और क्या किसीका बीमा मांगने से आप दे देंगे? पत्ता—एक पत्ता और एक कैलेंडर।"

"दूंगा। ज़रा ढेरों आने दीजिए। जिस दिन ढेर आएगा, दे दूंगा।"

"ढेर ही तो आया है, भैया! दे न दीजिए एक पत्ता। आज नहीं दीजिएगा तो कभी मांगूगा भी नहीं अब और। न शतरंज ही खेलने आऊंगा। कहे देता हूं। एक ले लेता हूं।" कहकर उसने एक पत्ता उठा लिया।

"अरे-रे, देख लो, किसका है। देख दो, रामलाल, ज़रा।"

"जाने कौन है—हरिलाल घोष, मुकाम कूड़ मशा......"

बाहर से ओवरसियर ने आवाज़ दी, "पोस्ट मास्टर बाबू!"

सुरेश झटपट कमीज़ उठाकर उसे पेट के नीचे छुपाने लगा और धीरे-धीरे मास्टर के घर की तरफ बढ़ा।

मास्टर लेकिन घबराए नहीं; हंसकर बोले, "प्रभु हे, राजा बनाओ। जय ओवरसियर बाबू की! आइए!"

सुरेश से कहा, "कोई खतरा नहीं। अपने मधुबाबू हैं—ओवरसियर।" मगर सुरेश इसके पहले ही खिसक पड़ा था।

ओवरसियर अंदर आए। उम्रवाले आदमी, गठा बदन; एक हाथ में लाठी, कंधे से झूलता डाकघर का एक पीला थैला। कहते हुए आए,

"प्रभु हे, राजा बनाओ। मगर प्रभु-जी हैं कान के बहरे। सुनते नहीं। सारी जिंदगी बैहारों में दौड़ते ही कट गई। सिंहासन की तो कौन कहे, कभी एक दिन को काठ की कुर्सी पर भी बैठना नसीब न हुआ। ज़रा तिपाई इधर को खिसकाओ, रामलाल, बैठूं। ज़रा चाय पिलाइए, मास्टर बाबू!"

बातें प्रायः बाहर ही खत्म कीं। अन्दर आकर थैले को नीचे पटक दिया।

रामलाल ने अंदर को मुंह करके आवाज़ दी, "मीनू, दो प्याला चाय चाहिए, बिटिया! ओवरसियर साहब आए हैं–यहीं भोजन करेंगे।"

ओवरसियर बोले, "उंहू—उंहू! आखिर अभी मैंने कहा क्या। चाय पीकर ही भाग जाना है–टिकुटी जाऊंगा।" थैले में से उन्होंने सखुए के पत्ते से मुंह बंधी एक हांडी निकाली, "यह मीनू को दे दो रामलाल–सिउड़ी का मुरब्बा है।"

हांडी लेकर रामलाल अन्दर चला गया। ओवरसियर बाबू पहले की बात का छोर पकड़कर कहने लगे, "झमेले की कहिए मत कुछ, टिकुटी से आज ही वापस आना होगा।"

"आज ही?"

"हां। आप लोगों की नई लाइन से रात ही बोलपुर।"

"होशियार लेकिन। कहते हैं, सूंदीपुर के बरगद पर भूत हैं।

"अंग्रेज़ी राज है जनाब। सरकारी कर्मचारी से भूत भी डरते हैं। और भूत से डरिए तो क्या यह नौकरी निभ सकती है! नई लाइन की रिपोर्ट का तकाज़ा है।"

"आंख मूंदकर लिख दीजिए," मास्टर ने कहा, "हरकारा सच्चा है।"

"सच्चा सो अच्छा, भैया। एक घंटा पैंतालीस मिनट में बोलपुर पहुंच जाता है। कम्बख्त घोड़े की तरह दौड़ता है।"

ठीक ऐसे ही समय कहीं दूर पर शंख बज उठा और इसी समय रामलाल तथा मीनू कांच की दो तश्तरियों में दो-दो मुरब्बे और दो प्याला चाय लेकर आए। एक ओवरसियर साहब को दिया, एक पोस्ट मास्टर की मेज़ पर रख दिया।

मीनू ने पूछा, "पानी भी लाऊं?"

"ज़रूर। हाथ धोना होगा न!"

मीनू और रामलाल चले गए। ये दोनों मुरब्बा खाने लगे। चबाते हुए मास्टर ने कहा, "पहले जैसा मुरब्बा अब नहीं रहा।"

उधर शंख बजता ही जा रहा था, लू-लू की आवाज हो ही रही थी। ओवरसियर ने कहा, "सबमें मिलावट। मिलावट का युग ही ठहरा।" और तश्तरी रखते हुए बोले, "यह शंख कैसा? शादी तो नहीं? चैत में शादी!"

मास्टर ने कहा, "रजिस्ट्री का ज़माना है। चैत में ही क्या बाधा है?"

"बजा फरमाया।" चाय का घूंट लिया। उसके बाद बोले, "बोलपुर से लौटता कितनी देर में है, यह तो बताइए।"

पोस्ट मास्टर ने कहा, "दीनू के बारे में पूछ रहे हैं? हमारे जगने के पहले ही आकर बैठा रहता है। पांच बजे या उससे पांच-दस मिनट पहले ही। करीब दो घंटे..."

उधर से पानी लिए रामलाल आ रहा था और इधर से 'रामलाल, रामलाल,' पुकारते हुए आ पहुंचा सुरेश बनर्जी। लगभग भिड़ गए दोनों। रामलाल के हाथ से पानी गिर गया।

ओवरसियर और पोस्ट मास्टर साहब बोल उठे, "राम-राम, चिट्ठियां भीगीं चिट्ठियां।"

पोस्ट मास्टर ने कहा, "आपका भी अजीब रवैया है, सुरेश बाबू।" फिर झुंझलाकर कह उठे, "आखिर है क्या? रामलाल से कौन-सा काम

है?" सुरेश तब तक बैठ गया था और हाथ से पानी को उधर उलीचने लगा था।

बोला, "नहीं भीगेंगी, भीगेंगी नहीं। मैं ठीक किए देता हूं—लीजिए!" उलीचकर पानी को उधर फेंक दिया, "लीजिए, हो गया? बाबाः। मगर रामलाल, तू तुरत जाकर बख्शीश वसूल ला। जा।"

"बख्शीश कैसी? आप भी सुरेश बाबू बड़े...क्या कहूं मैं? ऐसा करते हैं..."

"कहना है सो कहिए: उल्लू, गधा—जो चाहे। मैं शौकिया थोड़े ही करता हूं ऐसा। इतनी बड़ी बात! शंख बज रहा है, सुन नहीं रहे हैं? शिबूराय के पोते को लड़का हुआ है। शिव बाबू के बाप...उस बुड्ढे को लेकर चार पुश्त हुए। समारोह मन रहा है। बस्ती में मिठाई बंटेगी। लोटन चौकीदार चिट्ठी लेकर गया था...उसे नकद दो रुपया इनाम मिला। डाकिये को इनाम देने का हुक्म हो चुका है। रामलाल, तू चल दे। ताज़ा-ताज़ा ज़्यादा मिलेगा। गरम-गरम। समझ गया?"

खिड़की में से एक हाथ अन्दर को आया। बाहर से कोई बोला, "एक पोस्टकार्ड।"

तुरत एक सभ्य गले की आवाज़ सुनाई दी, "कृपा करके एक मनि-आर्डर का फार्म दीजिएगा।"

शंख लगातार बज ही रहा था, धीमा ज़रूर हो गया था। अब थम गया।

और उस समय हाथ में हुक्का-चिलम लिए दीनू अपने आंगन में खड़ा था। रस्सी डालकर एक घर की नींव का निशान लगाया गया है फावड़े से काट-काटकर। एक जगह थोड़ी-सी खुदी हुई मिट्टी पड़ी है। हाथ में हुक्का लिए गर्दन टेढ़ी किए दीनू मानो गौर कर रहा हो नक्शे को।

आंगन के एक ओर घास के दो बोझे पड़े हैं।

सादो कमर पर पानी भरा घड़ा लिए आकर खड़ी हुई। बोली, "खड़े ही हो अभी! नः, तुम भी गज़ब के आदमी हो।"

दीनू ने कहा, "यह सोच रहा हूं कि चारों तरफ आधा–आधा हाथ और बढ़ाऊं या छोड़ दूं?"

"बढ़ाओगे? किसलिए? गायों के लिए खाट डालकर मच्छरदानी लगानी है? बढ़ाना क्या? सबमें अती।"

"क्यों, अती क्या हुई?"

"अती नहीं हुई? मैंने कहा, गुहाल के छोटे दरवाज़े में ठोकर लगकर सिर फट गया। कसम खाई, बरसात के पहले गुहाल बनवाऊंगी।"

"वही तो कर रहा हूं।"

"वही तो कर रहा हूं! तो क्या आज ही? चट मंगनी, पट ब्याह! सुना नहीं कि रस्सी खींचकर नींव डालने को तैयार। अरे, तमाम रात डाक ढोते रहे, जागे हो..."

"तुम भी जैसी। तमाम रात डाक ढोनी पड़ती है? नौ बजे तक जाकर डाक का थैला पटक दिया और 'घोड़ा बेचकर' सो रहे। तीन बजे तक। भुरकवा तारा के उगने तक। उसके बाद फिर डाक लेकर रवाना। भोर होते-होते नौगिराम। नौकरी तो बड़े आराम की है सादो! मगर कष्ट भी है।"

सादो घड़ा लिए बरामदे की तरफ बढ़ी।

बोली, "कष्ट फिर कैसा? वह क्या?"

"नींद नहीं आती।"

"क्यों?" उसने घड़े को उतारा।

"सोचने लगता हूं, घर में अकेली तू गुनगुना रही होगी:

चैती रात सुहानी कूके कोयल री बैरिनियां

पिय बिन सूनी सेज चिहुंक जागूं री मैं विरहिनियां।"

"मेरी बला से। खाक गरज पड़ी है! ऐ...ज़रा इस छोटे की करतूत देखो। ऐ-ऐ, अरे निताई!" सादो कमरे की ओर नज़र किए बोल रही थी। दौड़ी-दौड़ी अंदर गई, "फूट जाएगा...फूट जाएगा।"

निताई घर में सोया था। काफी महुआ खा लिया था, सो नशा आ गया था। नींद टूटी तो मारे प्यास के अकबका-कर एक छोटे घड़े को ही उठाकर पानी पी रहा था—पानी चूने से छाती गीली हो रही थी। मां के अन्दर जाते ही उसके हाथ से छूटकर घड़ा फूट गया।

सादो ने कहा, "फोड़ दिया न?"

गर्द-भरी देह पर पानी पड़ने से अजीब शक्ल बन गई।

निताई ठी-ठी हंसने लगा।

"पागल की तरह हंस रहा है। ऐसे भी महुआ खाता है कोई? पक्के शराबी जैसा कर रहा है छोरा।"

निताई तब भी हंसता रहा।

अंदर आकर दीनू ने कहा, "बक मत। मांड़ दे इसे। ठंडा होगा। सो जाने दे; सो जाए।"

इसी बीच कैलेंडर दीवाल में टांग दिया गया था। थोड़ा टेढ़ा था वह। दीनू उसे सीधा कर देने को बढ़ा। कहा, "इसे टेढ़ा किसने किया?"

कैलेंडर को सीधा करके एक मटके में हाथ डुबाकर थोड़ा-सा तेल निकालकर माथे में लगाते हुए बोला, "नहा आऊं मैं! खाकर एक झपकी ले लूंगा, समझी?"

सादो बोल उठी, "वह देखो, वह, हरामज़ादे की हरकत देखो।"

जहां पर पानी गिरा था निताई वहीं सो गया था।

दीनू ने हाथ पकड़कर उसे झकझोरते हुए कहा, "उंहुं, दो-चार चपत जमाए बिना नहीं चलने का। बड़ा आवारा हो गया तू। उठ। चल

मेरे साथ, नहा लेना। निताई!"

"जा, मैं नहीं जाता।"

"निताई!" दीनू ने एक झटका दिया।

निताई ने थू-थू करके थूक दिया।

"निताई!" गुस्से के मारे दीनू चिल्ला पड़ा।

निताई ने फिर थूक दिया।

दीनू खौफनाक हो उठा। क्रोध से उसने हाथ उठाया। निताई की खबर लेगा वह।

सादो दौड़कर लिपट गई, "नहीं-नहीं।"

"छोड़। छोड़ दे तू। तू ही दिमाग चाट गई है इसका।"

"तीन मरकर यही एक बचा है मेरा। पैरों पड़ती हूं तुम्हारे।"

"वे तीन जैसे मेरे नहीं थे! मानो मुझे दूसरे तीन हैं? तू छोड़ दे सादो, छोड़ दे।"

"और, सादो को ढकेलकर निताई को ठेलता हुआ लेकर चला गया।

सादो बरामदे में आई। उतरना भी चाहा नीचे। फिर कुछ सोचकर खूंटी थामे खड़ी रह गई। आंखों से आंसू नहीं निकले।

पास के टेसू से एक-एक करके फूल झड़ने लगे।

अचानक सादो को जैसे चेत हुआ। वह घर के भीतर गई और तुरत कपड़े में छिपाकर कुछ लिए हुए पड़ोसिन के यहां पहुंची।

उसका भी घर-द्वार वैसा ही था—उन्हीं जैसा।

आवाज़ दी, "विलासी, अरी ओ विलासी?"

अंदर से विलासी ने जवाब दिया, "कौन?"

"मैं हूं बहना, सादो। ज़रा सुन जा।"

"कहो।" विलासी बाहर निकली।

"यह कटहल तू ले ले, बहन।"

"क्यों, क्या बात है? मेरे पास तो है। मेरा राखो भी तो निताई के साथ ही था। दोनों जने बाबू के बगीचे में गए थे। राखो दो ले आया है।"

"मालूम है। मगर नित्तो का बप्पा आज बड़ा बिगड़ा है। इसपर कहीं यह पता चल जाए कि दूसरे के बगीचे से चुराकर लाया है, तो खैरियत नहीं। तू रख ले बहना। बल्कि रांधकर थोड़ा-सा दे आना। समझी। मैं जाती हूं।"

कटहल को वहीं डालकर वह जल्दी से घर लौट आई। घर से ही देखा, दीनू नहाकर, निताई को नहलाकर गोदी में लिए लौट रहा है। बाप-बेटे में अभी पटरी नहीं बैठी—निताई रो रहा है, दीनू की खुशामद का अंत नहीं। भेंट के फूल तोड़कर उसने उसके गले में, सर पर सजा दिया था। कभी-कभी गुदगुदाकर हंसाने की कोशिश कर रहा था।

सादो झटपट भात परोसने लगी।

परोसते-परोसते ही सुना, दीनू कह रहा था, "समझा कि नहीं, यह गुहाल बन जाए कि अबकी कोठा बना दूंगा। खूब सुंदर कोठा। यों समझ ले, नौकरी तो रात की है, सो भी नौ से तीन बजे तक सो सकता हूं। बस सुबह से मजे में छौनी-छप्पर का काम कर सकूंगा। दीवाल उठा सकूंगा। नौकरी से महीने में पंद्रह रुपये और इधर से रख ले एक रुपया रोज़। तीस रुपये। फिर क्या कमी! तुझे स्कूल में दाखिल कर दूंगा। नाइट स्कूल में। समझ गया? हां, दिन में काम करना। आज से तुझे मिस्त्री का काम सिखाऊंगा। उसके बाद तेरी शादी कर दूंगा। हां...। फिर बगल में दूसरा कोठा बनाऊंगा।"

सादो थिर होकर सुन रही थी। खुशी से उसका हाथ जड़ हो गया था। होंठों पर मीठी हंसी फूट उठी थी। और साथ ही दोनों आंखों से आंसू की धारें बह निकली थीं।

अचानक छप्पर से गिरी एक छिपकिली ने उसके ध्यान के आवेश को तोड़ दिया।

डर से सादो चौंक उठी। धीमे से बोली, "दैया री!" उसके बाद ही कह उठी, "मर, मर। जाः। जाः।"

छिपकिली भाग गई।

सादो का हाथ तेज़ी से चलने लगा।

दोनों हाथों में भात की दो थालियां लिए वह बाहर निकली।

दीनू गीले कपड़े पसार रहा था। निताई शांत हो गया था। वह भेंट की डंठल को माथे में लपेट रहा था। कह रहा था, "मुझे दो पहिए की गाड़ी ले देना, बप्पा।"

"दूंगा। तू बड़ा हो। ले दूंगा। बुड्ढा होकर मैं पिनसिल लूंगा और तुझको हरकारे की नौकरी दिला दूंगा। दो चक्कों की गाड़ी पर चढ़कर तू सों-सों करके डाक लेकर चला जाना।"

सादो ने हंसकर कहा, "देना-देना। अभी भात खा लो।"

थाली के सामने बैठकर दीनू कहने लगा, "क्या इंजोरिया और क्या अन्हरिया, क्या सूखा और क्या बरसात—आंधी-पानी, सर्दी-गर्मी—सूंदीपुर के उस भुतहा बरगद के नीचे से धुकुर-धुकुर करके..."

चांदनी रात में उस बरगद के नीचे से जंगलों की राह दीनू डाक ले जाता।

अंधेरी रात में ले जाता।

जाते ही बरगद में खर-खुर की आवाज़ होती, झर-झर करके कुछ गिर पड़ता।

आंधी और बिजली की कड़क में निकल जाता दीनू। कभी स्यार बोलता, कभी कुत्ते भौंकते।

आधी चांदनी और आधी बदली में जब जाता, मोर बोलते होते।

अंत में सर्दी की रात।

उस दिन पहली बार खेतों में कटा धान दीखा। आसमान में चांदनी। बीच-बीच में गाड़ियों का जमाव। रास्ते में बैलों को खोलकर गाड़ीवान सुस्ताते। बीच में जलती हुई आग। उसके बाद जंगल का आरंभ। सूंदीपुर का बरगद। उस रोज़ तो क्या झरझर करके उसके माथे पर ही गिर पड़ा! पेड़ में सरसराहट हुई। दीनू थमक गया। पैनी निगाह से गौर किया, डाक के थैले को उतारकर रखा, लाठी को निकालकर धीरे-धीरे आगे बढ़ा और झुकी हुई एक डाल पर ज़ोरों से जमा दी एक लाठी।

धप्प से कुछ नीचे गिरा। झुककर दीनू ने देखा और पूंछ पकड़-कर उसे उठा लिया। नेवले जैसा एक जानवर था। पेड़ों पर रहनेवाला जंतु। रात-भर पेड़ों पर फल खाया करता—किसीकी आहट मिलती कि उछल-कूद शुरू कर देता। दीनू उसे लेकर, डाक उठाकर दौड़ चला।

बोलपुर पोस्ट आफिस पहंचा। अंदर टेलिग्राफ को वही टका-टक! चिट्ठियों पर मुहर मारने की आवाज़। बाहर एक रोशनी टंगी। डाक का थैला उतारकर दीनू ने उत्साह से आवाज़ दी, "मास्टर बाबू!"

"कौन? दीनू!"

"जी, सूंदीपुर के बरगद के भूत को मार लाया हूं, देखिए।"

"भूत मार लाया है?"

"देखिए तो सही।"

मास्टर निकले। डाकिये निकले। भीड़ लग गई।

"यह है क्या रे? ऐं!"

"खटास है, खटास। पेड़ पर कम्बख्तों ने शहर-सा बसा रखा है। मस्त हैं। फल खाते हैं। उछलते हैं...नीचे से कोई जाता है तो डालों से

दौड़कर कोटरों में जा समाते हैं। समूचे पेड़ में अजीब आवाज़ होती हैं—पके फल टूट-टूटकर गिरने लगते हैं। किसीके माथे पर पिशाब कर देते हैं। पूछिए मत, साल-भर रोज़ राम-राम करके पार होता रहा हूं। छाती धड़कती रही......बयान नहीं कर सकता। आज चांदनी थी, पड़ गई नज़र। देखा, एक झुकी डाल पर छोटा-छोटा-सा काला-सा कुछ हिल रहा है...आंखें भुक-भुक कर रही हैं। देखना था कि मैंने डाक का थैला रखा, लाठी सम्भाली और जय जगदंबा करके जमाया हाथ। जमाया कि धप्प से आ पड़ा ज़मीन पर......।"

दीनू ठठाकर हंस पड़ा।

पोस्ट मास्टर ने कहा, "इसकी खाल मुझे देना, समझा? नमक डालकर खसी के चमड़े को जैसा करते हैं, वैसे ही, भला?"

"दूंगा। ज़रूर दूंगा।"

पोस्ट मास्टर ने कहा, "साल-भर तो हो गया काम करते तुझे।"

"जी हां, सो तो हुआ।"

"और एक काम करेगा? यहां से डाक लेकर स्टेशन जाएगा और वहां से लाया करेगा? अभी यहां सोया करता है, अब स्टेशन पर ही सोना। लेकिन हां, घंटा-दो घंटा ज़्यादा जगना पड़ेगा। बनेगा? और दस रुपया हर माह मिलेगा।"

इस बीच चार-पांच और भी हरकारे डाक लेकर आए। पोस्ट मास्टर, डाकिये—सब अंदर चले गए। पोस्ट मास्टर ने जाते ही झट टेलिग्राफ पर हाथ दिया। डाकिये काम में जुट पड़े। मुहर पड़ने लगी। दीनू को डाक काटी गई। वह बैठा।

दूसरे हरकारे खटास को लटका कर देखने लगे।

एक ने कहा, "जो कहो, दीनू है बहादुर।"

"बेशक! फकत दीनू नहीं, दीनबंधु।"

"खटास को मारा, नई नौकरी मिल गई। खाल देकर उल्लू सीधा कर लिया।"

"अच्छा देखो न, मैं एक गिलहरी मार लाऊंगा।"

अन्दर से डाकिये ने कहा, "डाक ला, क्या गिज-बिज बक रहा है? डाक ले आ। स्टेशन जाना होगा। डाकगाड़ी का समय बदल गया है। पैंतालीस मिनट पहले आ जाती है। ला।"

उस रोज़ दीनू स्टेशन डाक ले गया और डाकगाड़ी को देखकर अवाक् रह गया। इतनी रोशनी! इतने-इतने लोग!

दूसरे दिन सवेरे डाक पहुंचाकर ही दीनू ने घर जाकर सादो से बताया। सादो उस समय घर लीप रही थी। बगल में मचान पर कद्दू की बेल चढ़ी थी। फुलाई थी बेल। चारों तरफ हलकी-सी श्री-समद्धि मानो फूटी पड़ रही हो।

गुहाल बन चुका था। छप्पर पर नई छौनी झलमला रही थी। दीनू ने घर की ओर देखकर कहा, "सादो!"

"हुं।" वह घर लीपती रही।

"हुं नहीं। सिर्फ हुं कहने से काम नहीं चलेगा।"

"और क्या कहूं? हुआ क्या?"

"हुंहु-हुंहु कहना होगा। अबकी कोठा घर हो गया। फिर नई नौकरी मिली। बोलपुर डाकघर से स्टेशन तक डाक ले जाना-ले आना होगा। पाव-भर का फासला। इसीका दस रुपया महीना। और डाकगाड़ी की रौनक तुमसे क्या कहूं सादो! कैसी शोभा! कितनी रोशनी! कितने लोग! झलमल करती है, कलकल करती है। नैन सार्थक हो गए!"

घर से उछलकर निताई निकल आया।

"मुझे एक पैंट-हाफपैंट खरीद देना, बप्पा!" वह उसके गले में झूल गया।

दीनू ने उसे गोद में उठा लिया।

सादो ने कहा, "पहले बड़े घर की फिर से छौनी हो जाए...ठहरो।"

दीनू ने कहा, "होगी, होगी। सब होगी। खड़ का आज ही बयाना दे दूंगा। उधार ले आऊंगा। दो महीने में चुका दूंगा। कोई परवाह नहीं। पैंट भी कल ला दूंगा बोलपुर से।"

निताई ने कहा, "लोटन काका परवा को क्या कहता है, मालूम है! कोई पराठा नहीं।" कहकर वह ही-ही हंसने लगा।

दीनू मचान की तरफ गया। एक कद्दू तोड़ा उसने।

सादो लीपना खत्म करके उठी। कहा, "अहा, बड़ा छोटा है। अभी काफी बढ़ता।"

"खीर के लिए सुकुमार ही ठीक है। पोस्ट मास्टर को देना है। खीर बनाकर खाएंगे। समझी? नई नौकरी मिली। सांझ को एक ले जाऊंगा बोलपुर के मास्टर के लिए। दे आऊं इसे।"

नवग्राम डाकघर के सामने ईंट, चूना, बालू पड़ा है। मास्टर भीतर काम कर रहे हैं। सुरेश बनर्जी बरामदे में बैठा अखबार पढ़ रहा है। रामलाल चिट्ठियों को सहेज रहा है। दीनू बरामदा पार करके भीतर घुसा।

"मास्टर बाबू!"

"ऐं।"

"दीनू ने कद्दू रख दिया।

रामलाल ने कहा, "कद्दू? बहुत छोटा है।"

"घर का है। मास्टर बाबू खीर बनाकर खाएंगे।"

मास्टर ने मुड़कर देखा, "और बकरे का क्या हो गया? कद्दू देकर छुटकारा?"

"जी नहीं। अबकी वैशाख में, धरम-पूजा के समय। उसे खूब

खिला-पिलाकर मैंने मोटा-ताज़ा बना रखा है।"

सुरेश ने दरवाज़े के पास खड़े होकर कहा, "पोस्ट मास्टर साहब तो उसके पहले ही चले जा रहे हैं?"

"चले जा रहे हैं!"

"मेरी बदली का हुक्म आ गया दीनू!"वे उदास हंसी हंसे।

रामलाल ने कहा, "इसी हफ्ते में चले जाएंगे।"

सुरेश ने कहा, "दे दीनू, उसे पहले ही चढ़ा दे, भैया! धरम के नाम के बकरे को भोजन के समय शिव के ही सामने चढ़ा दे। कहो 'शिवो धर्मज्ञो'—जो धर्म, वही शिव!"

दीनू ने कहा, "आप चले जा रहे हैं बाबू!" उसने ये कुछ शब्द हताशा से बड़े दर्द के साथ कहे।

पोस्ट मास्टर ने कहा, "नौकरी का यही दस्तूर हैं, दीनू! तुम्हारा पोस्ट आफिस अब बड़ा हो गया, सब-पोस्ट आफिस हो गया। देख नहीं रहा है, सामने ईंट, चूना पड़ा है। पक्के का पाया-बरामदा बनेगा। पक्का फर्श बनेगा। मैं ब्रांच पोस्ट आफिस का मास्टर हूं, यहां से चला जाऊंगा। मेरी जगह पर जो आएगा, वह भी दो साल, चार साल के बाद चला जाएगा। फिर कोई नया आएगा। यही होता है।"

इसी नियम के अनुसार नवग्राम पोस्ट आफिस में नये पोस्ट मास्टर नज़र आए।

चिड़चिड़े—डिसपेप्टिक आदमी। उम्र हो गई है। तीसरे पहर बरामदे में इधर को पीठ किए खड़े दिखाई दिए। दीवाल पर मोटे-मोटे हरूफों में कुछ नोटिस टंगे थे—उन्हींको पढ़ रहे थे:

"डाक बांटने के समय कोई अन्दर न आए। बाहर शोरगुल न करे।

"स्टाम्प बेचने का जो समय निश्चित है, उसके बाद लिफाफा-

पोस्टकार्ड नहीं मिलेगा।

"मनीआर्डर-रजिस्ट्री के लिए समय निर्धारित है—दस बजे से बारह बजे तक। एक बजे से दो बजे तक।

"बिना ज़रूरत के डाकघर के अहाते में कोई न आए और काम से भी जाए तो तर्क, तकरार या शोर न करे।"

इतने में माथे पर एक बोझा घास लिए दीनू पाया और बरामदे के एक तरफ बोझे को पटक दिया।

चौंककर पोस्ट मास्टर प्रायः उछल पड़े। उसके बाद संभलकर गरजते हुए पूछा, "हू आर यू? व्हॉट्'स दैट? (तुम कौन हो? वह क्या है?)"

दीनू घबराकर बोला, "हुज़ूर!"

"हो कौन तुम? यह सब क्या है?"

"जी, जी मैं दीनू हरकारा हूं।"

"दीनू हरकारा? रनर? लेकिन यह क्या है? डाकघर में घास क्यों?"

"जी, आपके लिए..."

"व्हॉट? मेरे लिए? घास क्या करूंगा मैं? मैं घास खाता हूं? मेरे लिए...घास?"

"जी, हुज़ूर की गाय के लिए।"

"नो, नो! हुज़ूर की गाय नहीं है। गाय-गोरू अपने पास नहीं। घास की ज़रूरत नहीं मुझे। कभी मत लाना। कभी नहीं!"

"जी, अब नहीं लाऊंगा हुज़ूर!"

"हुज़ूर? यह हुज़ूर क्या है? व्हॉट डू यू मीन बाइ हुज़ूर? मैं हाकिम नहीं हूं, ज़मींदार नहीं हूं। सर सर! कहा करना!"

दीनू घबरा गया। डरते हुए बोला, "जी सर!"

पहले की अपेक्षा शांत स्वर में पोस्ट मास्टर बोले, "उठा लो। उठा

लो इसे।"

दीनू टुकुर-टुकुर मुंह ताकता रहा।

मास्टर ने कहा, "घास के लिए कह रहा हूं। यह घास का बोझा उठा लो। बाहर फेंक आओ। जाओ।"

दीनू बोझे को उठाकर बाहर फेंकने के लिए गया।

मास्टर रास्ते की तरफ देखने लगे। मुंह फेरते ही देखा, अहाते की सीमा पर सुरेश बनर्जी खड़े हैं।

बोले, "क्या चाहिए? पोस्ट आफिस अभी बन्द है। कल सवेरे। टुमारो मार्निंग प्लीज़—अभी जाइए।" उसके बाद दीनू से कहा, "और बाहर, अहाते के बिलकुल बाहर दीनू... आउट साइड दि कम्पाउण्ड..."

और अन्दर जाकर उन्होंने दरवाज़ा बन्द कर लिया।

सुरेश बनर्जी ने कहा, "इसे कुछ हज़म नहीं होता, दीनू!"

दीनू ने कहा, "छ्छात दुरवासा रिसि हैं देवता!"

फिर पोस्ट मास्टर बदले। नये पोस्ट मास्टर बन्द दरवाज़ा खोलकर बाहर आए।

पोस्ट आफिस में भी काफी रद्दोबदल हुआ। वह फूस का छप्पर नहीं रहा। एसबेस्टस या टिन का छप्पर। दीवाल में नया पलस्तर। लेटरबक्स का मुंह पीतल का। झकमक! नोटिस-बोर्ड भी नया लग गया। जिस खिड़की पर पोस्टेज बिकता था, मनीआर्डर लगता था, वह खिड़की एक्सपेंडेड मेटल से घिर गई; काउंटर की शक्ल निखर आई।

दीवाल पर जो पुराने नोटिस लगे थे, उनमें से एक भी न रहा। उसकी जगह कोयले से बड़े-बड़े हरूफों में लिखा था—"दुर्वासा गॉन!"

दरवाज़ा खोलकर नये मास्टर निकल आए। पीछे-पीछे सुरेश। मोटे-मोटे आदमी। पान चबा रहे हैं और हुक्के में दम लगा रहे हैं। और

रह-रहकर फू-फू करके कोई चीज़—पान के टुकड़े को शायद जीभ की नोक से झाड़ फेंकने की कोशिश कर रहे हैं। निकलते ही पच् से पीक फेंकी उन्होंने, कई बार फू-फू किया और हुक्के में दम लगाया। दीनू ने उन्हें प्रणाम किया। मास्टर दीवाल पर 'दुर्वासा गॉन' पढ़कर खी-खी करके हंसे। हंसते-हंसते बोले, "क्या कहा सुरेश बाबू! दीनू ने 'दुर्वासा' नाम रखा था। इस दीनबंधु के पेट में इतना है?"

फिर मास्टर बदले।

पोस्ट आफिस के परिवर्तन में यही हुआ कि सामने लाल रोड़ी की एक सड़क हो गई और अहाते के चारों तरफ दीवाल खिंच गई। बाकी जैसे का तैसा।

अहाते में टप्परवाली एक गाड़ी खड़ी। बैल घास चरते फिर रहे हैं।

पुराने मोटे-सोटे, पान-तम्बाकूखोर मास्टर जा रहे हैं। बरामदे पर टिन का बक्स, रस्सी से बंधा चमड़े का पुराना सूटकेस, पैकिंग बक्स, बिछौने के बंडल। डाकिये देख रहे हैं कि सब ठीक-ठाक बंधे या नहीं। डाकिये अब दो हो गए हैं। भवेश और हरिहर। दीनू चीज़ों को गाड़ी पर लाद रहा है। गाड़ी दीनू ही की है। बरामदे में खड़े हैं नये पोस्टमास्टर नित्यानन्द बाबू। बगल में खड़ा है उनका सोलह-सत्रह साल का लड़का। खूबसूरत-सा लड़का। प्यार करने लायक।

पुराने मास्टर के हाथ में हुक्का। पिचू से उन्होंने पीक फेंकी, दो-एक बार थू-थू करके बोले, "तो चलूं भई नित्यानंद बाबू—गुडबाई! फिक्र न करें। जगह अच्छी है। थू-थू-थू! क्या नाम तो है, आदमी ये अच्छे हैं। भवेश, हरिहर—गुड मैन हैं सब। भवेश सिर्फ इतना करता है कि दूर के गांवों की चिट्ठियां इसके-उसके हाथों दे देता है...कहता है, दे देना।

समय-समय पर शिकायत होती है। थू-थू! और हरिहर डेरे जाता है तो समय से लौटता नहीं। न्यूली मैरेड है न। दूसरी बीवी!"

हरिहर ने कहा, "जी, आपकी बात!"

पुराने पोस्ट मास्टर साहब कहते गए, "और दीनू, जय-जयकार हो उसकी। उसके अहसान से बचना मुश्किल है। मैं तो उसका ऋण चुका ही नहीं पाऊंगा।"

दीनू ने उनके पैरों की धूल लेकर कहा, "जी नहीं, ऐसा न कहिए... अपराध लगेगा मुझे!"

"अपराध लगेगा तो तुझे लगेगा, दीनू! मगर मैं कहूं नहीं तो अपराध मेरा होगा। उंहु-उंहु, भवेश! टूट जाएगा, बड़े शौक का है हुक्का मेरा। वैसे नहीं, उसे बल्कि बिछौने में डाल दो, भैया!" उसके बाद फिर नित्यानन्द बाबू की तरफ मुखातिब होकर बोले, "मगर एक बात से होशियार रहें। बड़ी खौफनाक बात है, समझ गए। खूब सावधान!"

सुनकर सभी अवाक् रह गए। दीनू शंका और अचरज से उनके चेहरे की तरफ देखता रह गया।

नित्यानन्द बाबू बोले, "यु मीन दिस रनर, दिस चैप? (आपका मतलब यह हरकारा, यह आदमी?)"

"यैस्, दिस चैप! यह दीनबंधु। थू-थू-थू! संभलकर रहिएगा, वरना एक गज़ब का नाम रख देगा आपका। लुक —दीवाल पर देखिए। थू-थू!"

नित्यानन्द ने दीवाल की ओर देखा, लिखा था:

"दुर्वासा गॉन—तारीख 30 अप्रैल, 1934।" उसके नीचे लिखा था, "पांचू ठाकुर गोइंग—1938, फिफ्टींथ सैप्टेंबर"।

पुराने पोस्टमास्टर ने उसकी व्याख्या की, "दुर्वासा मुनि हुए वे, जो मुझसे पहले थे—शिवेन बाबू। और पांचू ठाकुर हुआ भूत का शिकार,

थू-थू-थू...मैं! ये सारे नाम दीनू के रखे हैं। आपका भी कुछ रख देगा—थू-थू-थू! यानी......"

उस लड़के से अचानक ही कह उठे, "जाओ तो बेटे, दो-चार बीड़े पान ले आओ। खूब कड़ी पत्ती हो, ज़र्दा हो तो थोड़ा-सा। हां।"

वह जब चला गया, तो बोले, "मेरे बीवी-बच्चा नहीं। मगर आपका लड़का, वह तो समझिए मेरे लड़के के ही समान है। थू-थू-थू! उसके सामने कहूं कैसे कि मैं शराब पीता हूं। काम-धाम से निबटकर, शाम को...शाम को ज़रा लिया करता हूं मैं। थू-थू...ज़रा माने काफी। और यहां आ जुटा था यह सुरेश। कभी-कभी, थू-थू...बेअंदाज़ हो जाता और कै-वै करके उसी नरक में पड़ा रहता था। सुबह बिस्तर का हाल देखकर मुझ ही को घिन लगती थी। मगर उपाय क्या था? किससे कहता? दीनू की एक दिन नज़र पड़ गई। थू-थू-थू! उस दिन से उसने फिर कभी मुझे छूने ही नहीं दिया। कपड़े फींचते हुए कहता, 'पांचू ठाकुर ने दूध की उलटी की है!' थू-थू! होशियार, आपका भी कोई नाम रख देगा।"

कहकर अपनी वही ट्रेडमार्क हंसी हंसने लगे: ही-ही-ही! उस हंसी की छूत सबको लगी। दीनू तक सिर झुकाए खुक्-खुक् हंसने लगा।

मास्टर ने उसीका छोर पकड़कर कहा, "कहता क्या है कि अपने पांचू ठाकुर ने दूध की उलटी कर दी है! (फिर हंसी।) गोया मैं नन्हा-मुन्ना हूं!"

पोस्ट आफिस के अंदर की दीवाल-घड़ी बज उठी—टन्-टन्-टन्!

मास्टर चौंक उठे, "चार बज गए? हां, चार ही तो। अरे रे, दस ही बजे छूटती है गाड़ी भैया! अरे दीनू! तेरे बेटे का तो पता ही नहीं। थू-

थू-थू! गाड़ी छूट गई तो तमाम रात थू-थू-थू, स्टेशन में ही तप करना होगा।"

नित्यानन्द बाबू बोले, "फासला भी तो कम नहीं। दस मील से भी ज़्यादा। और देर नहीं करनी चाहिए।"

भवेश डाकिये ने कहा, "तेरा भी अजीब रवैया है दीनू, गाड़ी लेकर जाएगा तेरा लड़का और उसे छोड़कर गाड़ी लिए तू आ गया।"

दीनू ज़रा परेशान और शर्मिंदा हुआ। बोला, "कम्बख़्त हरगिज़ नहीं आया। बोला, तुम गाड़ी लेकर बढ़ो, मुझे ज़रा काम है..."

हरिहर ने कहा, "काम तुम्हारे लड़के का है क्या? बाल संवारना और हो-हुल्लड़ करना! काम है! जाओ, बढ़के देखो ज़रा।"

दीनू उसे देखने के लिए सदर रास्ते की ओर बढ़ा। जाते-जाते कहा, "करूं क्या, कहिए? यह समय भांजो[1] का है न? परसों से शुरू होगा। और वह इसका अगुआ है।" उसके बाद मानो आप ही आप बोला, "कम्बख़्त के कान में मुक्का मारकर कह दिया। कहा—बस आया। ठीक समय पर पहुंच जाऊंगा।"

दीनू रास्ते पर जाकर गर्दन ऊंची किए उत्सुक खड़ा रहा। सामने बाज़ार का रास्ता। लोग-बाग जा-आ रहे थे। अजीब चुप-सा वह नज़्ज़ारा। मगर निताई का कहीं पता नहीं।

इधर से हरिहर ने कहा, "हुंः, ठीक समय पर आएगा... जैसे कम्ब-ख़्त के टेंट में दस-बीस घड़ियां झूल रही हैं!"

इतने में पान और तम्बाकू लेकर नित्यानन्द बाबू का लड़का आ पहुंचा। पुराने मास्टर सबको डब्बे में भरने लगे। एक खिल्ली पान और एक फंकी तम्बाकू खाकर पच् से पीका और बोले, "आः, यह तो खास लखनऊ की पत्ती है!"

---

1. एक त्योहार

दीनू बोल उठा, "वह आया, वह!" दूर पर उसने एक साइकल देखी। उसीपर निताई आ रहा था।

निश्चिंत होकर वह आया। गाड़ी को चारों तरफ से देखा और कहा, "कुछ छूटा तो नहीं बाबू?"

इतने में साइकल पर दीनू का लड़का निताई आ पहुंचा। अट्ठा-रह-उन्नीस साल का नौजवान। ढंग से संवारे हुए बाल। बदन पर एक शौकीनी गंजी। गले में तावीज़। कलाई पर काला धागा बंधा। कान के ऊपर अधजली सिगरेट। वह साइकल से आया। केरियर पर उसका एक साथी। साइकल अपने साथी के हवाले करता हुआ बोला, "बारह बजते-बजते बेदाग आ जाऊंगा। समझ गया? सब ठीक रखना। रंगीन कागज़ की माला खूब बढ़िया ढंग से बनाना। उस टोले से खू-बसूरत हो। हां!" साथी ने सिर हिलाकर हामी भरी और साइकल से फुर्र हो गया।

दीनू ने झिड़कते हुए कहा, "तेरी अक्ल की बलिहारी! चार बज गए। हम सब तो फिक्र के मारे बेहाल थे।

निताई ने लापरवाही से कहा, "चार बज गए तो क्या हुआ। काम था तो क्या करता मैं। अकल! अकल नहीं है मुझे!"

उसके बाद खुले बैलों की रस्सियां हाथ में लेकर आप ही आप बुदबुदाने लगा, 'कब क्या सनक सवार होगी, ठीक नहीं। परसों से शुरू है भांजो पर्व और आज जा बोलपुर!'

दीनू ने कहा, "अच्छा ले, गाड़ी जोत। मिज़ाज न बिगाड़।"

एक बैल की पीठ को हूरते हुए निताई ने कहा, "बेवकूफ, बेहूदा, बैल कहीं का! इधर-उधर। अयं-अयं!" फिर ठोकर लगाई। दोनों बैलों को वह खींच लाया, जोता और कहा, "लीजिए, सवार हो जाइए।"

पुराने पोस्ट मास्टर ने पच् से पीक फेंकी और गाड़ी पर पांव रखते हुए कहा, "ज़रा मिलिटरी मिज़ाज को ठंडा कर, निताई! डर लग रहा है मुझे।"

निताई ने हंसते हुए कहा, "बैठिए, बैठिए। बाबूजी मिज़ाज बिगाड़ देते हैं। देखिए न..."

मास्टर गाड़ी पर सवार हो गए। "तो, चलता हूं नित्यानंद बाबू। नमस्ते। भवेश, हरिहर..."

नित्यानंद बाबू ने कहा, "नमस्ते।"

भवेश और हरिहर ने झुककर नमस्ते किया। दीनू ने भी प्रणाम किया।

निताई चढ़ गया। बैलों के पेट में एड़ और पीठ में गुदगुदी लगाकर नाक-मुंह से अजीब-सी आवाज़ निकालकर उसने गाड़ी को बढ़ाया।

नित्यानंद बाबू ने पूछा, "यही तुम्हारा लड़का है दीनू?"

दीनू ने कहा, "जी हां।"

"यही एक लड़का है, क्यों?"

दीनू ने शरमाकर कहा, "जी हां। कई बच्चे गुज़र गए, तब यह एक बचा है। मां के लाड़ से ज़रा बिगड़ गया है। तिसपर यहां एक टैक्सीवाला आया था कम्बख्त! उसकी गाड़ी धोता-पोंछता था, सो ऐसा हो गया। कहता है, मोटर चलाना सीखूंगा। और यह अड़ियल सुभाव..."

हरिहर ने कहा, "सिर्फ लड़के के मत्थे दोष मढ़ने से क्या होगा और मां को ही ज़िम्मेदार बनाना क्या? तुम क्या कुछ कम लाड़ करते हो? उसने साइकल मांगी, झट ले दी तुमने।"

"वह एक पुरानी साइकल थी हुज़ूर...। तीस रुपये लेकर दी ओवरसियर बाबू ने..."

"खूब सस्ती दी उन्होंने! अरे, उसे फेंक देते, तो कोई नहीं पूछता।

नई की पचहत्तर रुपये कीमत है और आठ साल उसपर सवारी कर चुके हैं। असल में दीनू का स्वभाव ही ऐसा है हुज़ूर! लड़के ने कुछ कहा कि यह डोल गया। इस उमर में एक लड़की हुई है। नाम रखा है सम्मानी। पूछिए मत!" ताने के तीर पर होते हुए भी बातें उसने मीठे-मीठे कहीं। इतने में परेशानहाल होता हुआ सदर रास्ते पर सुरेश बनर्जी हाज़िर हुआ। खड़ा होकर उसने अहाते की तरफ देखकर कहा, "अरे, जाः! मास्टर चला गया।" और वह दौड़ पड़ा, "मास्टर, मास्टर...ऐ मास्टर!"

भवेश बोला, "सुरेश बाबू गाड़ी चढ़ाने के लिए बोलपुर तक जाएंगे।"

उन्होंने पूछा, "ओ, यही सुरेश बनर्जी हैं?"

भवेश ने कहा, "जी हां।"

एक हरकारा डाक लेकर आया।

हरिहर ने कहा, "रामनगर की डाक आ गई है।"

मास्टर डाकघर की तरफ मुड़े।

दीनू रास्ते की ओर बढ़ा।

हरिहर और भवेश की बातों से उसे चोट पहुंची थी। निताई के बात-व्यवहार से भी उसे भले लोगों के सामने शर्मिंदा होना पड़ा। इन दो बातों की प्रतिक्रिया से उसे सादो पर रंजिश हुई। लौटते हुए डग रखने में ही यह बात थोड़ी-बहुत झलक पड़ी। वह अपने मुहल्ले के रास्ते पर चल रहा था।

राढ़ देश का अछूत मुहल्ला।

मिट्टी की दीवाल, फूंस की छौनी, बांस की खूंटियोंवाला बरामदा। रंगीन माटी से पुता आंगन। चहारदीवारी नदारद। उन्हीं घरों के बीच टेढ़ा-मेढ़ा रास्ता।

रास्ते पर खेलते हुए, घूमते हुए नंगे बच्चे। इधर-उधर चरती हुई

बकरियां।

आंगन में मुरगियां चर रही थीं। एक तरफ को गाय बंधी। किसी-किसी आंगन में कोई औरत दूसरी औरत के सिर की जूंएं बीन रही थी। किसी-किसी घर में औरतें ढेंकी में चावल कूट रही थीं।

रास्ते के किनारे के पोखरे में बतखें चुग रही थीं। एक ओर किसी उत्सव का आयोजन दिखाई दे रहा था। एक पेड़ के नीचे भांजो की वेदी बनी थी।

पेड़ के नीचे वेदी। वेदी के चारों तरफ बांस की चार खूंटियां। रंगीन कागज़ों से मढ़ी।

वेदी के सामने की जगह सुन्दर ढंग से लिपी। वहां युवक-युवतियों की भीड़।

एक नौजवान ढोल पीट रहा था। एक बांस की बांसुरी बजा रहा था।

लेकिन दीनू का झुंझलाया मन किसी तरफ न खिंचा। वह सीधे अपने घर के सामने जाकर खड़ा हुआ।

अब दीनू के एक कोठा बन गया था। बगल में वही गुहाल। एक तरफ दो गायें बंधी थीं।

पेड़ के नीचे दीनू की छः साल की बच्ची सम्मानी खेल रही थी।

मिट्टी गीली करके वह भात-सब्ज़ी रांध रही थी। सादो बरामदे में बैठी थी और उसके सामने आंगन में खड़ी थी विलासिनी—एक नवयुवती। उसे देखकर दीनू ठिठक गया। उसके बाद पूछा, "यह औरत कौन है री, सादो?"

सादो ने उस युवती से कहा, "रात को आकर फिर खा जाना। अभी वहीं राखोहटी के यहां जाकर रहो!"

दीनू ने कहा, "यह औरत है कौन? कान में तेल पड़ा है क्या?"

उस युवती ने झट मुड़कर देखते हुए कहा, "मैं भांजो नाचने आई हूं। निताई मेरा दोस्त है। वही मुझे लाया है। तुम?"

"भांजो नाचने आई हो!"

"हां। सिउड़ी से आई हूं। मगर तुम कौन हो? ऐसी पूछताछ क्यों?"

"सादो ने कहा, "जाओ बिटिया, तुम जाओ। यह निताई का बाप है।"

"ओ:! मगर यह लाटसाहबी मिज़ाज क्यों?"

और वह चमकती-मटकती नाचती हुई सी चली गई।

दीनू ने कहा, "सादो, सारे अनरथ की जड़ तू है—तू!"

"मतलब? हुआ क्या है?"

"कुछ नहीं। तेरा बेटा आए तो कह देना, यह सब नहीं चलेगा! मुझसे यह सब बर्दाश्त न होगा!"

उसने फिर तुरन्त कहा, "उसे भी नहीं सहेगा। जो धरम को नहीं सहता, किसीको नहीं सहता। कह देना उससे।"

खेलना छोड़कर बच्ची बाप-मां की बतकही सुन रही थी। वह दौड़ी-दौड़ी आई और बाप से लिपट गई।

"मैं धरम-पूजा देखने जाऊंगी।"

दीनू ने कहा, "धरम-पूजा अभी नहीं बिटिया, वैशाख में। छोड़, जाने दे अभी।"

"नहीं, अभी तो तूने धरम-धरम कहा! उंहुं, मैं जाऊंगी!"

"अरे, यह धरम वह धरम ठाकुर नहीं है बिटिया...यह धरम जो है, सो बड़ा कठिन है, बड़ा भयानक! छोड़, जाने दे। नहाकर तुरत दौड़ना होगा। डाक में देर हो जाएगा। छोड़—सरकार बहादुर की डाक...!"

और भादों की रात में सरकारी डाक लेकर दीनू चल पड़ा। रात बरसात की जरूर थी, मगर बारिश नहीं हो रही थी। सूंदीपुर का बरगद। बड़ी दूर से भांजो पर्व के ढोल की आवाज़ आ रही थी।

आज सभी तरफ गांवों में इस त्योहार की धूम थी। जंगल को पार करके दीनू बैहार में पहुंचा। वहां भी ढोल-घंटी की आवाज़। बस्ती नज़दीक आ रही थी। बाजे की आवाज़ और स्पष्ट हो रही थी। लेकिन दीनू अपनी बंधी चाल से चलता ही जा रहा था। उधर से कुछ लोग आ रहे थे। एक ने पूछा, "कौन है?"

दीनू ने जवाब दिया, "डाक है! सरकार बहादुर की डाक!"

बाजे बजने लगे।

इधर नवग्राम में भी बाजे बज रहे थे। भांजो पर्व की महफिल जमी थी।

बांस की एक खूंटी से बड़ी-सी बत्ती झुला दी गई थी। जगह रोशनी से जगमगा रही थी।

भांजो की वेदी पूरी सज गई थी। भेंट के फूल, कमल के फूल, तरह-तरह के फूल सजाए गए थे।

चारों तरफ आम के पत्तों और रंगीन कागज़ के बंदनवार। औरत-मर्द ठसाठस जमकर बैठे। औरतों ने जूड़ों में फूल खोंस रखे थे। गले में माला।

दो औरतें गलबांही देकर हंस रही थीं। मर्दों के बदन पर रंगीन गंजी, सिर पर रंगीन गमछे का फेंटा। किसी-किसीने कमर में भी गमछा बांध रखा था। कानों में फूल। गले में माला।

निताई ने भेंट की डंठल की माला माथे पर पहन रखी थी। साथ ही दूसरे फूल की माला। कानों में फूल खोंस लिए थे। गले में माला थी। वह बांसुरी बजा रहा था। एक कोई ढोल बजा रहा था।

नाच रही थी वासिनी—यानो शहर से आई हुई वह रंगीन लड़की। जितना बन पाया था, उसने भी सिंगार किया था। अपनी कमर तक में फूल की माला डाल रखी थी उसने।

कुछ औरतें एकसाथ टेक गा रही थीं:

सोह रही भांजो के मेरी पंचफूल की माला
सिंदूरी टीका से जगमग यह जगती उजियाला
अरी ओ, भांजो सुंदरी!

वे थमे कि अब सब थम गए। बाजा, बांसुरी, सब।

अब निताई ने शुरू किया:

मेरे मन की छटा रंग की, तुम्हें नहीं छू पाई;
आंसू गिरे पदुम पत्ते पर, बूंद छिटक छितराई।
टलमल टलमल!
हाय सखी, चू गया नयन-जल!
आंखों के मोती की बूंदें, माटी ने बिखराईं।
माटी हो तो हाय, गले मन, माणिक की बन जाईं!
मेरे मन की छटा रंग की...

अंतिम पंक्ति पर पहुंचते ही बाजे बज उठे। तेज़ ताल पर। और साथ ही साथ वह नाचवाली लड़की वासिनी वेदी की परिक्रमा करके नाचने लगी।

औरतों ने फिर से टेक दुहराई। टेक खत्म होते ही बाजे पर 'सम' पड़ा और सब चुप हो गए।

अब की वासिनी ने गाना शुरू किया:

मिला तुम्हारा जो रंग जाकर नीले यमुना जल में—
वह रंग गाढ़ा चढ़ा मीत उस फूले लाल कमल में
उसी कमल से जी बहलाना

जो भी दुःख है सभी भुलाना

मन की खाली सेंदुर-डब्बी, उसे फेंकना पल में

कमल खिलेगा रोज़ नया, बासी झरते रज-तल में।

आखिरी कड़ी पर जाकर फिर बाजे बज उठे—बांसुरी बजी। द्रुतताल पर नाचते हुए धुंघरू के बोल से वासिनी ने भांजो की महफिल को गुंजा दिया।

इतने में सुबह की चिड़ियों की चहक उठी। कल-कलरव।

सबने ऊपर की ओर निगाह की।

नज़र आया, रोशनी मंद पड़ गई है। रात के अंधेरे पर भोर की आभा जग रही है। ऊपर आसमान में जोत की छटा बज उठी। चिड़ियां फिर चहक उठीं। एक पेड़ की शाख पर से पर फैलाकर चिड़ियां उड़ गईं। दूसर एक पेड़ पर से उड़कर कौआ रास्ते पर आकर बैठा।

पोस्ट आफिस के सामनेवाली सड़क का मोड़। मोड़ पर धुंघरू का झुन्-झुन् सुनाई पड़ा। मोड़ से मुड़ता हुआ दीनू हरकारा दिखाई पड़ा। कंधे पर डाक का थैला। नवग्राम आ रहा था वह।

झुन्-झुन् की आवाज़ के साथ डाकघर के अहाते में घुसते हुए दीनू अवाक् खड़ा हो गया। पास ही एक झाड़ी की ओट में पोस्ट मास्टर नित्यानन्द बाबू का वह सुन्दर-सा लड़का बैठक कर रहा था।

उस खूबसूरत लड़के का गठा हुआ शरीर तुरन्त कसरत करने से और भी सुन्दर लग रहा था।

उसकी सुगठित पेशियों से मर्दानगी की महिमा छिटक रही थी। कंधे पर डाक का थैला लिए हुए ही दीनू वहां जाकर खड़ा हुआ। पास ही दो मुद्गर रखे थे—उन्हें हिलाकर देखा।

उस लड़के ने, नाम था उसका अमर, बैठक लगाते-लगाते ही दीनू की ओर देखा। पल के लिए मंद मुस्कान से उसका चेहरा भर गया।

उसके बाद फिर गंभीर हो गया वह। व्यायाम करके वह दीनू के पास आकर खड़ा हुआ।

दीनू ने पूछा, "आप रोज़ कसरत करते हैं, बाबू?"

हंसते हुए गर्दन हिलाकर उसने हामी भरी, "हां।"

दीनू ने कहा, "यह बहुत अच्छी बात है, बहुत अच्छी! खूब गठेगा बदन!"

अमर ने कहा, "कोई देख न पाए, ऐसी कोई ओट देखकर मुझे एक अखाड़ा बना दोगे, दीनू?"

दीनू बेहद खुश होकर बोला, "बना दूंगा। कौन बड़ी बात है! पीछे—पोखरे के बरगद के नीचे बना दूंगा। आज ही।"

"ऊंहूं। और कहीं, जिसमें पिताजी न देख पाएं।"

"क्यों? बाबू यह सब पसन्द नहीं करते शायद।"

"नहीं, आजकल भले लोगों के लड़के यह सब करते हैं तो पुलिस-वाले बड़ा बखेड़ा करते हैं न! इसीलिए पिताजी को यह पसन्द नहीं। तुम कोई अच्छी-सी जगह देखकर..."

ठीक इसी समय नित्यानन्द बाबू की आवाज़ सुनाई पड़ी, "भवेश! जग गए, भवेश?"

भवेश ने कहा, "जी!"

अमर दोनों मुद्गर उठाकर पीछे से चल दिया। कहता गया, "पिताजी से मत कहना। भला!"

अन्दर से ही पोस्ट मास्टर ने कहा, "हरिहर नहीं आया? डाक नहीं आई?"

दीनू मुड़ा। उसे भी थोड़ी हैरानी हुई। बरामदे पर डाक उतारकर उसने आवाज़ दी, "बाबू!"

और इधर सदर रास्ते से अहाते में घुसे सुरेश बनर्जी।

सुरेश ने कहा, "हां रे दीनू , बोलपुर में कुछ सुना तुमने? लड़ाई छिड़ गई? हिटलर ने धावा बोल दिया?"

दरवाज़ा खोलकर नित्यानन्द बाबू निकले। "सुरेश बाबू! इतने सवेरे?"

"लड़ाई! लड़ाई छिड़ गई। तमाम रात नींद नहीं आई कल।"

"अखबार!" नित्यानन्द बाबू हंसे।

दीनू डाक लेकर अंदर दाखिल हुआ।

अपने घर की ओर चला दीनू। बेला खासी हो आई थी। सात बज चुके थे। आज सारे मुहल्ले में सन्नाटा था। सुबह तक लोग भांजो के गीत गाते रहे। उसके बाद सोए। अभी जगे नहीं थे। रास्ते पर फूल बिखरे थे।

कुछ ही दूर पर थी भांजो की वेदी।

वहां भी सूना पड़ा था। दीनू ने उधर देखा। बत्ती जल ही रही थी। वेदी का साज-सिंगार उजड़े कोहबर-सा ही बिखरा-बिखरा।

अचानक उसे दिखाई दे गए दो पांव। पेड़ की आड़ से बाहर झांक रहे थे। दीनू दबे पांव उधर बढ़ा। पेड़ के नीचे से उझककर देखा, उधर जिसके पांव निकले हैं, वह निताई ही है। अकेला नहीं, कोई और भी है। दूसरे ही क्षण सुना, कोई औरत कह रही थी, "कहा तो। गीत ही में तो मैंने जवाब दे दिया।"

और वह धीमे से गा उठी:

"कमल खिलेगा रोज़ नया वासी झरते रज-तल में!"

और खिलखिला पड़ी।

वह वही वासिनी थी। रातवाली साज-पोशाक में ही दोनों पेड़ की जड़ पर सिर रखे लेटे थे।

वासिनी आकाश की ओर देख रही थी और निताई कोहनी गाड़कर उसके मुंह की ओर देख रहा था।

निताई ने कहा, "नहीं, नहीं, रोज़ नये कमल के फूल मुझे नहीं चाहिए। मैं तुमको चाहता हूं।"

"यह मुझसे न बनेगा।"

"क्यों?"

"जैसा घर-द्वार है तुम्हारा, रहने का जो ढंग—यह कष्ट मुझसे न झेला जाएगा।"

"मैं जान देकर मेहनत-मजूरी करूंगा, वासिनी।"

"क्या करोगे? बाप तो हरकारागिरी करता है, तुम क्या करोगे? चौकीदारी कि मोटियागिरी?"

वासिनी की हथेली अपने हाथ में लेकर निताई बोला, "मैंने मोटर चलाना सीखा है, लाइसेंस करा लूंगा, डिराइवर बनूंगा..."

"बनोगे तब मेरे पास आना।"

दीनू दबे पांवों वहां से खिसक गया।

घर गया। देखा, सादो और बिटिया अभी सो रही हैं।

माथे पर हाथ रखे वह बरामदे पर बैठ गया।

कुछ देर बैठा, फिर अपने कपाल को दो बार पीटकर बोला, "यही! यही! यही!" उसके बाद फिर हाथ सिर पर रखकर झीमने लगा।

फिर सिर उठाया। सोती हुई सादो की तरफ देखते हुए रूखे स्वर में पुकारा, "ऐ! ऐ! सुनती है? ऐ!"

करवट बदलते हुए सादो ने निंदाए स्वर में कहा, "कमरे में सब रख दिया है। लेकर खा क्यों नहीं लेते?"

"खा क्यों नहीं लेते! इस पिंड के लिए ही मैं 'हा-हा' कर रहा हूं न!"

"फिर क्या है? मैं अभी नहीं उठती!" उसके अंतिम शब्द नींद में जैसे गायब हो गए।

गुस्से के मारे दीनू उसका झोंटा पकड़ने गया; मगर अचानक ज़ब्त

कर गया। एक लंबी उसांस भरकर बोला, "तुझे ही दोष देकर मार-पीट करने से क्या लाभ? जिसकी जो मति, जिसकी जो गति!"

यह कहते हुए वह अन्दर गया। रखी हुई शराब में से थोड़ी-सी पी ली। थाली में मुरमुरे रखे थे। एक मुट्ठी मुंह में और बाकी को अंगोछे में उझलकर हंसिया लेकर निकल आया। गौएं खाली मुंह खड़ी थीं। उनके बदन पर हाथ फेरते हुए कहा, 'तुम सबके लिए घास लाने जा रहा हूं। खाली मुंह खड़ी हैं! करूंगी क्या मैं, बता—तुम लोगों का कपाल और मेरे करमों का फल!'

वह खेत चला गया। घास काटी। बोझा उठाकर चला। गमछे से पसीना पोंछा और उसीसे हवा करने लगा। बगीचा बड़ा ही पुराना। वहां की छाया में कोई लहर नहीं। दो-एक चिड़ियों की चहक सुनाई पड़ रही थी। दो-चार पत्ते टपक पड़ रहे थे। इसके सिवा लगातार झींगुरों की 'झीं-झीं'! कभी-कभी गिलहरियों की दौड़-धूप।

पेड़ के सहारे टिककर दीनू ऊपर की ओर ताकने लगा। आप ही आप बोला, 'निकल पड़ूंगा मैं वैरागी होकर—जाएं भाड़ में सब—अब मैं ऐसे...'

अचानक बगीचे के उस छोर से साइकल की घंटी सुनकर वह चौंका और सन्न रह गया।

हक्का-बक्का होकर चारों तरफ निगाह दौड़ाई—कौन? आम के बगीचे में कौन है साइकल पर?

उसने देखा, एक पेड़ पर पैर टिकाए पोस्टमास्टर का लड़का बैठा है—अमर। उसकी साइकल का हैंडल थामे एक दूसरा हमउम्र लड़का खड़ा है। अचरज से दीनू उठ खड़ा हुआ।

उस हमउम्र लड़के ने साइकल की घंटी बजा दी और चला गया; साइकल लिए पेड़ों के नीचे-नीचे इधर को आते हुए अचानक दीनू पर

नज़र पड़ते ही अमर एक दूसरे पेड़ पर पैर टिकाकर खड़ा हो गया। हंसकर बोला, "दीनू!"

"जी। गौओं के लिए घास काटने आया था। मगर आप यहां!" उसके अचरज की सीमा न थी। इसलिए कि इस बगीचे में डर से लोग आम तौर से आया नहीं करते।

अमर ने हंसकर कहा, "सुना, तुम्हारे इस बगीचे में भूत हैं! दिन में भी यहां कोई नहीं आता! यही देखने आ निकला। लेकिन रात-भर डाक ढोते रहने के बाद तुम यहां किसलिए?"

दीनू ने कहा, "करूं क्या, कहिए। गौएं हैं—बेज़बान जीव, भगवती! भादों का महीना। बिचाली है नहीं। खाएंगी क्या?"

"ओः! इसीलिए, ढेर काटी है घास!"

"लेकिन आप इस बगीचे में उनका मज़ाक न उड़ाया करें, बाबू! जगह सचमुच ही यह बड़ी बुरी है। हम लोग इसके बाहर-बाहर से ही जाया-आया करते हैं।"

"क्यों? भूत धर दबोचता है! लेकिन मैं तो भूत को मानता नहीं, दीनू! खैर, चलता हूं।" कहकर अमर बढ़ गया और कुछ दूर जाकर ही फिर लौट आया। बोला, "लेकिन तुम पिताजी से जाकर कह मत देना, दीनू। बहुत नाराज़ होंगे वे।"

"लेकिन वे पूछ बैठें, तो? पूछें कि क्यों रे दीनू, 'उस भुतहे बगीचे में अमर से तेरी मुलाकात हुई थी,' तो?"

उसके चेहरे की ओर देखते हुए अमर ने कहा, "झूठ तुम नहीं कह सकोगे, क्यों? खैर, उनके पूछे बिना तुम मत कहना। समझ गए? इससे झूठ कहना न होगा।"

"ठीक है। न कहूंगा।"

अमर ने कहा, "बस, इसीसे काम चल जाएगा।" ज़रा देर चुप

रहकर अमर बोला, "जानते हो दीनू, जब मैं बहुत छोटा था, मेरी मां मर गई थी। पिताजी ने ही मुझे पाला-पोसा। इसीलिए मेरे लिए बहुत डरते रहते हैं वे। ज़रा कुछ हुआ कि उन्हें कष्ट होता है।"

दीनू को वेदना हुई। साथ ही बाप के प्रति इस लड़के का प्यार उसे बड़ा भला लगा। वह झटपट बोल उठा, "नहीं, नहीं बाबू, मैं खुद हरगिज़ नहीं कहूंगा। और कहीं उन्होंने पूछ ही लिया, तो भी चुप रह जाऊंगा। समझा? पीछे पड़ जाएंगे तो कहूंगा, 'अच्छा कब, कहिए तो? कौन-से बगीचे में?' टाल जाऊंगा। कहूंगा—नहीं बाबू, जिस बात से आपको दुःख होता है, वह काम अमर बाबू हरगिज़ नहीं कर सकते। ऐसे हैं ही नहीं वे!"

"अच्छा, तो मैं चलता हूं।"

अमर चला गया।

दीनू कुछ देर तक उस रास्ते की ओर देखता रहा, जिधर से अमर गया और फिर एक लम्बा निश्वास छोड़ते हुए घास का बोझा उठाने लगा। जाते-जाते अमर लौट आया। साइकल पर से उतरा। बोला, "उठा दूं मैं?"

और हाथ लगाकर उसने बोझा उसके माथे पर उठा दिया। हैरान होकर दीनू ने कहा, "गज़ब की ताकत है बदन में आपके।"

"गज़ब की?" अमर हंसा और साइकल से चला गया।

घर पहुंचकर दीनू घृणा और क्रोध से मानो पत्थर हो गया। आंगन में खड़ी वह रंगीन युवती वासिनी मानो आंधी उठा रही थी। सादो काठ की मारी-सी बैठी। अगल-बगल के लोग-लुगाइयों की भी भीड़ बटुर रही थी।

वासिनी कह रही थी, "तुम्हारा बेटा लिवा लाया मुझे। नकद पांच रुपये देने की बात थी। वह न दे तो तुम्हें देना पड़ेगा। फिर उसने मुझे

झापड़ मारा है। उसका दस रुपया देना होगा। न दोगी, तो मैं थाने जाऊंगी। रपट लिखाकर कचहरी में नालिश करूंगी। मुझको झापड़ मारेगा!"

सादो ने कहा, "खैर, आने दो उसे। बैठो।"

वासिनी ने कहा, "बैठूं? नहीं, नहीं, रुपये दे दो! फौरन चली जाऊंगी।"

सिर का बोझा पटककर दीन आगे बढ़ आया, "बात क्या है? काहे को आसमान सिर पर उठा रही हो तुम?"

दीनू की बिटिया दौड़ी आई। डरते-डरते बोली, "कहती है, मैं थाने जाऊंगी।"

"जाने दो! थाना जाए, अदालत जाए, लाट साहब के पास जाए, जहां चाहे जाए! निकल जाओ। मेरे यहां हल्ला मत मचाओ!"

"रास्ते-रास्ते चीखती जाऊंगी मैं! नालिश करके जेल भिजवाऊंगी। हरकारे को मैंने 'चमगादड़ सरकारी नौकर' कहा कि दुलरुआ बेटे का मिज़ाज सातवें आसमान पर चढ़ गया! तड़ से जड़ दी एक चपत! अच्छा!"

कहकर वह चल देने को तैयार हो गई।

दीनू लपककर उसके सामने जा खड़ा हुआ, "ठहरो।"

वह मुड़ी। "क्या है?" उसने भी मानो फन फैलाया।

"तुमने 'हरकारा चमगादड़' क्यों कहा?"

"तुम्हारे लड़के को मुझसे ब्याह करने का शौक क्यों चर्राया! मैंने कहा, खाना-खुराकी कैसे चलाओगे, तो बोला, 'डिलेवरी का लाइसेन लूंगा, हवागाड़ी चलाऊंगा।' मैंने कहा, 'लेकिन लाइसेन में तो सैकड़ों रुपया लगेगा। जुटाओ!' उसने कहा, 'बप्पा से वसूलूंगा।' इसी बात पर मैंने ठट्ठा किया था कि तमाचा मार बैठा। नालिश करूंगी मैं!"

दीनू ने कहा, "अपने रुपये लेकर जाओ, ला देता हूं, अभी!"

दीनू तुरत घर से बाहर निकल पड़ा।

वह गांव के प्रधान, अपने पुराने मालिक के पास पहुंचा, जिन्होंने उसे यह नौकरी दिलवाई थी।

वहां उस समय जमघट लगा था।

खुद मालिक तंबाकू पी रहे थे, सुरेश बनर्जी लड़ाई की खबर पढ़कर सुना रहा था। दो-तीन जने और बैठे थे।

सुरेश कह रहा था, "यह जो छिड़ा, समझते नहीं हो तुम लोग।"

एक ने कहा, "तुम समझते हो?"

"बेशक! कुरुक्षेत्र! अब की कौरव-कुल, यानी अपने ये... हुं-हुं, हिटलर इन्हें मज़ा चखाके छोड़ेगा! देख नहीं रहे हो, लिख क्या रहा है—'बारूद की ढेरी में चिनगारी पड़ी! धमाका! आगे-आगे देखिए, होता है क्या!' लमहे में धमक जाएगा—क्विक् मार्च! पाव-पयादे नहीं...अब की कल-पुर्जो पुर्ज़ों से लैस फौज सर्र-सर्र आ पहुंचेगी!"

दीनू ने जाकर प्रणाम किया।

मालिक बोले, "धान की कीमत क्या तो आज ही आठ आने बढ़ गई!"

"आठ आने? दस आने! साढ़े दस आने! बढ़ती ही जा रही है।" एक ने कहा।

दूसरे ने कहा, "जिससे जैसा बन रहा है...समझ गए न? कमर बांधकर पड़ गए हैं।"

दीनू ने कहा, "बाबू!"

अब की उन्होंने दीनू की तरफ नज़र की, "दीनू! क्यों, क्या बात है? ऐसे वक्त? अभी तो तनखाह का वक्त नहीं है। गाड़ी के किराये का रुपया जोड़ा है?"

बैठे हुए लोगों से बताया, "यह दीनू बड़ा हिसाबी है! तनखाह मिलते ही आधी रकम मेरे पास जमा कर जाता है।"

सुरेश ने कहा, "अब तो और जमेगा रुपया। मज़ा तो इन नौकरी पेशावालों का है! तनखाह बढ़ेगी—ऊपर से इनकलाब का जो धक्का है!"

एक ने कहा, "इनकलाब! लड़ाई के समय चीं-चपड़ की तो गोली चलाकर दुरुस्त कर देगा—इनकलाब!"

बाबू साहब ने कहा, "ज़रा चुप भी हो तुम लोग! बिचारा खड़ा है। कहना क्या चाहता है, सुन लेने दो।"

दीनू ने कहा, "जी, कुछ रुपयों की ज़रूरत आ पड़ी है। पन्द्रह रुपये चाहिए। सख्त ज़रूरत है।"

"ले जा। सरकार, दीनू की जमा रकम से पन्द्रह रुपये दे दो इसे।"

घर आकर वासिनी के हाथों पन्द्रह रुपये गिन दिए।

वासिनी उस समय पेड़ तले चुप बैठी थी। पास-पड़ोस के जो लोग कौतूहल से आए थे, लौट गए थे।

रुपये देकर कहा, "जाओ!"

वासिनी ने रुपये लिए, मुड़कर सबको देखा और जैसी आदत थी, मटकती हुई चली गई।

दीनू ने सादो से पूछा, "और वह कहां है, वह सूअर का बच्चा?"

"मुझे क्या पता? मुझे बताकर गया है!"

"जा, उसके साथियों से कह दे, बुला देंगे। कह देना, मैंने बुलाया है।"

"जी चाहे जब आएगा वह। तुम नहाओ-धोओ, ज़रा ठंडा-वंडा होओ। नाराज़ मत होओ सयाने लड़के पर। वह बड़ा गुमानी है।"

"गुमानी! सूअर का बच्चा कहीं का! सुअर के बच्चे को गुमान! तू गमार है, सूअर के बच्चे से भी गमार! अव्वल नम्बर का गमार! ऐं, उस औरत को तमाचा मार दिया!"

सम्मानी अब तक सुन रही थी। उसने बाप के कंधे पर हाथ धरकर कहा, "बप्पा!"

दीनू ने कान न दिया। बोला, "बुला, बुला उसे! कुछ भी नहीं कहूंगा। बुला। सुनती है?"

जवाब न पाकर बिटिया ने फिर कहा, "अई!" अब की उसने हाथ से कोंच दिया।

दीनू ने कहा, "कसम, कुछ नहीं कहूंगा! बुला उसे। बाप को चम-गादड़ कहने से बेटे का पारा गरम हो गया! बलिहारी पट्ठे, सूअर का बच्चा! बुला।" उसकी आवाज़ से खुशी उफना रही थी। सादो भरोसा पाकर निकली घर से।

बिल्ली की नाईं पीठ खखोरते हुए अब की बच्ची ने कहा, "ऐ बप्पा, सुन नहीं रहे हो?"

दीन ने कहा, "अरे रे, नोचती क्यों है?"

बच्ची एकटक बाप को देखती रही।

दीनू ने कहा, "गिलहरी है तू! नाखून कितने पैने हैं?"

बच्ची ने कहा, "भैया को तुम सूअर का बच्चा क्यों कहते हो?"

"कहूं नहीं? तेरा भैया ज़रूर सुअर का बच्चा है!"

"भैया सूअर का बच्चा है, तो तुम क्या हो? तुम तो भैया के बाप हो!"

"क्या कहा?" कौतुक और विस्मय से बेटी की ओर ताकते हुए दीनू ने कहा, "क्या कहा? ऐं!" और 'हो-हो' करके बेअख्तियार हंस पड़ा।

इतने में नशे की हालत में ही निताई आया। आकर बार-बार बाप

के पैर छुता हुआ बोला, "परनाम, परनाम! तुम मेरे बाप हो। तुमको परनाम। अब कभी ऐसा काम न करूंगा!"

"उठ जा। उठ! परनाम की ज़रूरत नहीं।"

निताई ने कहा, "उसने तुमको चमगादड़ क्यों कहा? जड़ दिया तमाचा!"

"मैंने रुपये उसे दे दिए। खुशी-खुशी दे दिए। मगर खबरदार, अब कभी ऐसी औरत की छांह न छूना। ये औरतें पाप हैं। छछात पाप! दुनिया में हर कुछ झिलता है, पाप नहीं। पाप बाप छोड़कर बात नहीं करता।"

"कसम खाता हूं। भगवान कसम! काली मैया की कसम!"

दीनू ने पकड़कर निताई को लगभग ज़बर्दस्ती बरामदे पर सुला दिया। कहा, "सो जा। दिन-भर सो। सादो, ज़रा पंखा तो देना।" कहकर दीनू उसका सिर सहलाने लगा। सादो ने पंखा ला दिया। हवा करते हुए बोला, "अच्छी-सी लड़की देखकर तेरा ब्याह कराऊंगा। लक्ष्मी जैसी लड़की! पीनावीना छोड़ दे। जी लगाकर काम कर।..."

निताई बोला, "काली किरिया, भगवान कसम!"

पंखा रखकर दीनू ने हाथ जोड़कर प्रणाम किया। सम्मानी पंखा उठाकर झलने लगी।

दीनू ने उसकी ठोंड़ी छूकर होंठ से लगाते हुए गिलहरी जैसी आवाज़ की, "चिकचिक, चिकचिक!"

और दुलार से बेटी के नोच दिया।

रूठते हुए बिटिया ने 'ऊंऊं' किया।

दीनू ने कहा, "हूं! मैं गिलहरी का बाप हूं! बड़ी गिलहरी बनी है!" फिर वैसी ही आवाज़ की—चिकचिक, चिकचिक!

बच्ची ने कहा, "जाः!"

दीनू ने कहा, "सूअर का बच्चा अच्छा है—उस शैतान औरत को भगा दिया। काली किरिया खाया। जय मां काली! ला सादो, तेल दे, नहा आऊं।"

वह गुनगुनाते हुए निकल पड़ा।

उसी दिन रात को दीनू डाक लेकर गया। बोलपुर स्टेशन के प्लेट-फार्म पर मेल-बैगों को उतारकर बत्ती के खंभे के नीचे बैठा। गुनगुनाकर गाने लगा:

जी चाहे तुम जाओ, लेकिन मैं नहीं जाता
केलि कदम तले री वृन्दे!
मिले माणिक तुम्हीं ले लो, मैं नहीं लेता
काला माणिक कान्हा री वृन्दे!

दूसरा हरकारा पहले से ही बैठा था। वह एक ठीकरे से लकीरें खींचकर बाघ-गोटी का घर बना रहा था। सिर उठाकर बोला, "आज तो बेहद खुश हो दीनू भैया! गीत गा रहे लगते हो!"

"भई, उस ज़माने के भांजो गीत की कड़ियां याद आ गईं। पूछो मत, क्या गीत! तीसरे ही पहर से!"

"बेशक! चलेगा एक दांव? घर बना रखा है मैंने।"

"रहे। लेकिन तुम से एक बात है भैया।"

साथी ने ठीकरों की गोटियां सजाते हुए कहा, "कहो!"

"एक अच्छी-सी लड़की खोज देनी होगी। खू...ब अच्छी-सी! समझ गए। बिटवा का ब्याह करना है।"

"लड़की! लड़कियों की कौन-सी कमी पड़ी है! ढेरों तो हैं।"

"ढेरों तो हैं, मगर अच्छी लड़की चाहिए। अपने साहबज़ादे की नाक ज़रा ऊंची है! समझा?"

"सुं...दर लड़की! तुम्हारे बेटे की नाक ज़रा ऊंची है। ज़रा ठीक से सोच देखना होगा। सुं...दर लड़की!..."

"हां, भांजो पर्व में नाच-वाच सके। ज़रा चटक-मटक... यानी खुलते आंख-मुंहवाली; बेटे की ऊंची नाक में रस्सी डालकर घुमा सके जिससे। दो-एक बच्चा-बच्ची हुई कि मैं निश्चिन्त; फिर तो घोड़े के मुंह में आप ही कांटा-लगाम!"

"हुँ। फिर तो बैठे-बैठे तमाशा देखो!"

दीनू ने कहा, "तमाशा ही सिर्फ! उन सबको उसकाकर तमाशा देखूंगा। हुं-हुं! अच्छा, लो यह रही चाल। गोटी चली।"

"तो यह काटा!"

मुसाफिरखाने में स्टालवाले ने शोर शुरू किया, "चाय गरम!"

दूसरा फेरीवाला, "पान-बीड़ी!"

मुसाफिर सो रहे थे।

उधर गाड़ी की घंटी पड़ी—टन्... न्न्...न्न्...!

डाकगाड़ी आ रही थी।

घंटी की आवाज़ के साथ-साथ प्लेटफार्म पर सर्चलाइट की रोशनी पड़ने लगी।

दीनू और उसका साथी दोनों खेल छोड़कर उठ खड़े हुए। दूसरे हरकारे ने अंगड़ाई ली और कहा, "उठो मुसाफिर बांध गठरिया! ...फिर दौड़ो पांच कोस—झुन-झुन, झुन-झुन! ..."

'झुन-झुन, झुन-झुन' की आवाज़ के साथ सवेरे-सवेरे दीनू नव_ ग्राम में दाखिल हुआ।

एक कुत्ता भौंक उठा।

दीनू ने कहा, "धत्तेरे की! रोज़ देखता है, फिर भी नहीं पहचानता?

अरे बाबा, सरकारी डाक है। भाग, बेवकूफ कहीं का!"

सामने ही एक चाय की दुकान का चूल्हा धुआं कर रहा था। एक सिपाही साइकल पर उसको पीछे छोड़कर निकल गया।

कुछ ही देर बाद स्कूल। बगल में बोर्डिंग।

वहां दो सिपाही खड़े।

अचरज से दीनू ठिठक गया। इतना सवेरे यहां पुलिस कैसे? फिर चलने लगा।

बढ़कर फिर पीछे ताका। फिर बढ़ चला।

डाकघर के पास जाकर तो उसका अचरज हद को पहुंच गया। बरामदे पर नित्यानन्द बाबू दो अफसरों से बातें कर रहे थे।

भवेश डाकिया चुप खड़ा था।

सदर रास्ते पर भयकातर सुरेश बनर्जी खड़ा था।

थोड़ा आगे जाकर सुरेश ने धीमे से कहा, "ऐ दीनू, सिपाही मास्टर के लड़के को पकडने आए हैं!"

अचरज से दीनू ने पूछा, "अमर बाबू को?"

"हां रे! बड़ा ही खौफनाक लड़का है। बम-पिस्तौल!"

"नहीं बाबू, गलत बात!"

"गलत नहीं है दीनू, गलत होता तो भाग क्यों जाता वह?"

"भाग गया है?"

"हां, हां, रात रहते ही चिड़िया फुर्र!"

बूटों की आवाज़ से उनकी बातचीत में बाधा पड़ी। चुप हो गए। उनके सामने से सिपाही गए, पीछे-पीछे अफसर।

एक अफसर ठिठक पड़ा।

"बोलपुर से डाक ला रहे हो?"

"जी हां।" सूखे गले से दीनू ने जवाब दिया।

"रास्ते में पोस्टमास्टर के लड़के को देखा? साइकल पर..."

"जी नहीं, हुजूर।"

"अच्छा, जाओ, डाक ले जाओ भीतर।"

अफसर चला गया। दीनू ने डाक ले जाकर बरामदे पर थैले को पटका। मास्टर साहब उस समय सर झुकाए अन्दर जा रहे थे। डाकिये ने कहा, "अंदर-अंदर—बाहर डाक मत रख।"

दीनू ने धीमे से पूछा, "ये लोग अमर बाबू को..."

डाकिये ने कहा, "हां, चीख मत...!"

दीनू अपने घर जाकर चुप बैठ गया। खोया-खोया-सा। जी बड़ा खराब हो गया उसका। अमर जैसे लड़के को...!

सादो गौओं को पुआल दे रही थी। सम्मानी एक बछड़े की रस्सी पकड़कर खींच रही थी। देह पर हाथ फेर रही थी। दीनू आकर बैठा कि 'लिफाफा-चिट्ठी' चिल्लाती हुई वह दौड़ी और उसके हाथ से दो रंगीन लिफाफे झटककर सूंघती हुई बोली, "अच्छी खराबू है, देख मैया!"

सादो ने इधर मुंह फेरा। पति को यों मन मारे देखकर पूछा, "ऐसे बैठे हो, हुआ क्या?"

दीनू ने जवाब नहीं दिया।

सादो ने पूछा, "बुखार-बुखार तो नहीं आया?"

सम्मानी बोली, "ऐ बप्पा!"

दीनू बोला, "चुप रह, चीख मत! मेरा जी घबरा रहा है। चुप रह।"

इतने में निताई आया। बना-ठना। बाप को देखते ही बोला, "आ गए! सुन लिया! सुन लिया रवैया अपने मास्टर के लड़के का!"

"सुना। जभी तो कह रहा था, जी मेरा घबरा रहा है।"

"उस भुतहे बगीचे को तो पुलिस ने तहस-नहस कर दिया। खोद डाला। बम-बन्दूक छिपी हैं वहां तो।"

दीनू चौंक उठा। उसे बगीचे में अमर की गतिविधि याद आ गई। निताई की ओर एक बार उसने चौंककर देखा और फिर सिर झुका लिया।

सादो ने कहा, "अरे, तू जो घास को गया, घास कहां है?"

निताई बोला, "यह घास-वास मुझसे नहीं आती। बाप रे, भादो की जो उमस! और फिर जोंक! पूछो मत! इत्ताइत्ता बड़ा!"

दीनू ने कहा, "हंसिया मुझे दे, सादो। मुरमुरे ला।"

निताई बोला, "जाना नहीं पड़ेगा। मैंने कह दिया है, रतन दे जाएगा घास।"

सादो बोली, "दे जाएगा रतन, तो पैसे नहीं लेगा?"

दीनू उठकर अन्दर चला गया। वह शराब का मटका, हंसिया और मुरमुरेवाला अंगोछा लिए निकला।

इतने में निताई बोला, "रतन को पैसा मैं दे दूंगा।"

"तू देगा?"

"हां, तो क्या हुआ? एक रुपया दे भी चुका हूं।"

"रुपया तुझे कहां मिला?"

"राजा मोती कहां पाते हैं?"

सादो ने कहा, "रुपया इसने किसीसे उधार लिया है। पूछो इससे। तड़के ही कहां तो गया था। लौटा तो इसकी टेंट में रुपया था।"

दीनू ने कहा, "निताई!" शासन के स्वर में ही कहा।

निताई बोला, "ऐ, तुम तो आंख रंगाने लगे। उधार लिया है, ठीक किया है। कमाकर चुका दूंगा।"

"हां, हां, भांजोवाली लड़की को भी कमाकर ही दिया था न! वैसे ही देना!"

"दूंगा, दूंगा! ज़रूर दूंगा! मोटर-डिलाइवरी का लाइसेन ले लेने दो—फिर देखो, देता हूं कि नहीं। लाइसेन में दो-ढाई सौ रुपये लगेंगे—दो। फिर देखो कितना रोज़गार करता हूं!"

"रुपया मेरे पास नहीं है। तू यह डिरेवरी का सपना छोड़।"

"वह मैं नहीं छोड़ सकता—रुपया तुम दो या मत दो।" कहते-कहते ही वह चला गया।

सादो ने घबराकर आवाज़ दी,"निताई, अरे ओ निताई!" सम्मानी दौड़कर कुछ दूर गई—"भैया!"

दीनू ने गम्भीर स्वर में सादो से कहा, "खबरदार! मत बुला उसे—हां। जहां जी चाहे, जाए वह!"

सादो ने कहा, "वह डिलेवर ही होना चाहता है, तो क्यों नहीं देते रुपया। ले-देकर एक ही तो लड़का है! ..."

"एक लड़का है, जभी तो महीने-महीने दस-पांच जोड़कर हर साल दस-पांच कट्ठे खरीदकर पांच बीघा से ज़्यादा खेत किया; कोठा बनाया कि बेटा-पतोहू रहें। यह डिरेवर होगा तो खेत योंही पड़े रहेंगे—खेती भी न होगी। या कि बेच खाएगा कमबख्त! डिरेवर मैंने देखा है सादो, उसमें धरम क्या जात तक जाएगी! और रुपया है भी नहीं मेरे पास। पचास-एक रुपये थे, उनमें से पन्द्रह लाकर तो उस दिन उस वेशवा को दिए! रुपया है नहीं। रहता भी तो..."

बीच ही में 'दीनू, दीनू' आवाज़ देता हुआ भवेश डाकिया आया।

"अरे पिउन बाबू—अचानक कैसे...बाबू के लड़के..."

भवेश चिट्ठियां बांटने निकला था। हाथ में था खतों का पूलिंदा, कंधे पर थैला। रास्ते में दीनू के यहां आ गया। कहा, "बाबू का लड़का तो गायब है। पकड़ जाए, न पकड़ाई पड़े—यह उसका नसीब। अभी मुसीबत यह है कि पोस्ट मास्टर बाबू बड़े मायूस हो गए हैं।"

"अहा-हा, मायूस न हों भला!"

"आज हाट का दिन था—सामान नहीं आया। आन गांव की पारी है मेरी। हरिहर को बुखार है। तेरे यहां कद्दू-कोहड़ा कुछ हो, तो दे आ भैया। थोड़ी-सी मछली। तू आज वहीं रहना। सुरेश बाबू हैं, तू भी रहना।"

"बहुत अच्छा! तुरत जाता हूं।"।

दीनू एक कद्दू, थोड़ा-सा बैंगन, कद्दू की कोमल पत्तियां और मछली लेकर पोस्ट आफिस पहुंचा। बारह बज रहे थे।

बरामदे पर नित्यानंद बाबू और सुरेश बैठे थे। सुरेश के हाथ में अखबार।

पोस्ट मास्टर कह रहे थे, "उस लड़के की उम्मीद मैंने छोड़ दी, समझ गए सुरेश बाबू!"

सुरेश ने कहा, "नहीं, नहीं, यह क्या कह रहे हैं आप! यह तो आज घर-घर में हो रहा है। राजाबहादुर का लड़का भी बंदेमातरम् का नारा लगा रहा है। भाग गया है, दो दिन में लौट आएगा। लौटने पर धर-पकड़ कर..."

"उंहु! ऐसे लड़कों की जात ही अलग होती है। इसलिए नहीं कह रहा हूं कि यह मेरा लड़का है..."

ठीक इसी समय दीनू सामान लेकर वहां पहुंचा।

मास्टर ने कहा, "यह सब क्या ले आया, दीनू? भवेश कह गया तुझसे, न? क्यों ले आया भैया! कौन पकाएगा बता? मुझे खाने की इच्छा नहीं।"

सुरेश ने कहा, "मैं पका दूंगा, मास्टर। दीनू, अंदर ले जा सब। और जला चूल्हा। ठीक कर दे। साले चूल्हे तक को खोद गए!"

दीनू जाने लगा।

अपनी अधूरी बात का छोर पकड़ते हुए मास्टर ने कहा, "यह लड़का गोली खाकर मरेगा या किसीको गोली मारकर फांसी पर चढ़ेगा या फिर बम-बम के फेर में अपने ही हाथों अपनी जान गंवाएगा। नहीं तो..."

ज़रा थमकर बोले, "गिरफ्तार होगा और डकैती के षड़यंत्र में, रा-जद्रोह के अपराध में अंदमन भेज दिया जाएगा। मरते वक्त बेटे के हाथ का पानी भी मुझे नसीब न होगा बनर्जी, आग भी नहीं!"

खाने बैठे तो मास्टर ने फिर वही बात छेड़ी, "समझा भाई सुरेश, दुनिया में जिस चीज़ की, जिस अंग की जितनी कीमत होती है, उसकी पीड़ा उतनी ही ज़्यादा होती है।"

बाहर से किसीने पुकारा, "मास्टर बाबू! मास्टर बाबू!" वे बोले, "दीनू, देखो तो ज़रा, कौन है, कहो, मैं आता हूं।"

दीनू बरामदे में एक तरफ चुप बैठा था। बैठा-बैठा सुन रहा था। सुरेश पोस्ट मास्टर को परसकर खिला रहा था। हाथ में सब्ज़ी की थाली और कलछुल लिए बैठा था। जूठन के आसरे आंगन में एक कुत्ता और पास ही दो कौए बैठे थे।

दीनू उठकर गया।

सुरेश ने कहा, "थोड़ी-सी मछली और दूं। उतना-सा चावल खा लीजिए।"

मास्टर ने कहा, "धंस नहीं रहा है सुरेश!" और उन्होंने उठाकर मछली को कुत्ते की तरफ फेंक दिया। कहा, "ले, खा।"

लौटकर दीनू ने कहा, "कई जने खड़े हैं। मनीआर्डर करेंगे। धान के आढ़तिये नंदी बाबू भी खड़े हैं। इन्श्योर है उनका।"

मास्टर उठे।

सुरेश बोल उठा, "अरे रे, यह चटनी तो रह ही गई!"

खड़े होकर मास्टर ने कहा, "लोगों का काम मेरे दुःख को नहीं मानेगा, बनर्जी। फिर लड़के ने जो हरकत की है—ज़रा कुछ हुआ कि मेरी नौकरी ही जाती रहेगी।"

हाथ धोते-धोते बोले, "जाते समय भात ले जाना दीनू, और ज़रा जल्दी आ जाना भैया। कौन जाने भवेश कब लौटे; हरिहर को बुखार है। डाक ठीक करना चालान सब आज अकेले मुझीको करना है।"

गमछे में भात की थाली बांधकर दीनू बाहर निकला। पोस्ट आफिस के बाहर उस समय पांच-सात आदमी खड़े थे।

किसीका मनियार्डर था, किसीकी रजिस्ट्री।

मास्टर मनिआर्डर के रुपये बजा-बजाकर ले रहे थे। रुपयों की खनक हो रही थी।

चावल-धान के गोलेदार नंदी बाबू भी उन्हीं लोगों में खड़े थे। बीमे के लिफाफे की सील-मुहर को ठीक से जांच रहे थे। बाज़ार में कहीं कोई बाऊल गा रहा था। गीत सुनाई पड़ रहा था, पर बाऊल नज़र नहीं आ रहा था।

गा रहा था:

मना न माना रे मेरे मन!

स्वर्ण-हिरण के पीछे भागा, सीता का हो गया हरण!
मना न माना रे मेरे मन!

जीवन-धागे से बुनता जो, उसी जाल में फंसा जीवन
टस के बुने जाल में अपने ही होता है हाय, मरण।

गीतों के बीच ही में एक दूसरी आवाज़ उठी। उड़ते हुए हवाईजहाज़ की आवाज़।

ऊपर से एक हवाईजहाज़ गया।

सदर रास्ते से साइकल पर निताई गुज़रा।

वह टोकता गया, "अच्छा चल तू, कितना तेज़ चलता है!" दीनू ने

पुकारा, "अरे ओ निताई...निताई! ..."

निताई तब तक हवा हो गया था।

घर जाकर दीनू ने स्त्री से कहा, "निताई आए तो कहना, देख आएगा, खेत में पानी है या नहीं! उंह, नवाब साहब साइकल पर हवाई-जहाज से होड़ लगाते हैं!"

सादो ने कहा, "हवाईजहाज़ से होड़!"

"हां। देखते-देखते सों-सों करके निकल गया।"

सादो ने कहा, "हवाईजहाज़ से होड़ लगाकर? अभी जो गया?"

"हां, हां।"

"दैया रे!"

"कहना उससे, खेत की निगरानी करे। इस तरह साइकल कुदाता फिरेगा तो अच्छा न होगा। कहे देता हूं मैं!"

"खेत-पथार वह नहीं देखेगा, चाहे तुम बिगड़ो या रूठो! उसे नौकरी मिल गई है।"

"नौकरी?"

"हां, नौकरी! महाजन की गद्दी में या जाने कहां। मैं नहीं जानती। तर-तगादा, दौड़-धूप—बारह रुपया मिलेगा महीने में।"

"बारह रुपया? दस रुपये की तो शराब ही पी जाता है महीने में। दो ही रुपये में पेट का अन्न, बहारदार बाल का तेल, रंगीन गंजी...हो जाएगा? कह देना, मैं अब फूटी पाई भी न दूंगा, खाना भी नहीं!"

दीनू अपना भाला, पेटी लिए निकल पड़ा।

चक्का डूब रहा था।

दीनू मुहल्ले के उस रास्ते से जा रहा था, जो बनियापोखर के बांध पर से गया था। पूरब के बांध पर जाते ही पच्छिम के बांध के उस पार खुला

मैदान। पश्चिम में सूरज डूब रहा था। मैदान में लाल आभा पड़ रही थी। लाल आभा की पृष्ठभूमि को पीछे छोड़कर मैदान के रास्ते से इकतारा बजाते हुए बाऊल मगन-मन उस गीत की अंतिम कड़ियों को गाता हुआ बढ़ रहा था:

रस के धागे का रच फंदा
आप फंसा, वह गोरखधंधा
नाच-कूद सब शेष, हाय रे, हाथ रहा बस कुंदन!
फंदा काट निकल बन तितली, वरना बचे न जीवन!
मत रो रे बिन कारण!

दीनू खड़ा सुनता रहा। बाऊल धीरे-धीरे आम के बगीचे में गायब हो गया।

सूरज बिलकुल डूब गया। चिड़िया ज़ोरों से चहचहा उठीं।

सूरज डूबता है, फिर उगता है।

सूरज उगा। चिड़ियां चहकने लगीं।

दीनू डाक लेकर डाकघर के अहाते में दाखिल हुआ।

अहाते के पेड़ में फूल खिले थे। तितली उड़ रही थी। फूल पर बैठकर रस पी रही थी।

भवेश डाकिये ने अन्दर से दरवाज़ा खोल दिया।

बाहर से सुरेश बनर्जी आया।

डाक के लिए और भी दो-एक जने आए।

साइकल पर आया निताई। दीनू अंदर था।

साइकल से उतरकर निताई दरवाज़े के पास गया। झांकने लगा।

"निताई? क्या बात है, घर का सब ठीक-ठाक..."

निताई ने कहा, "सब ठीक है। मैं डाकिये को देखने आया हूं। नये मारवाड़ी बाबू का इन्स्योर है या नहीं, पूछना है। बाबू ने भेजा है।"

दीनू ने उस तरफ को मुंह किया।

भवेश उस समय डाक छांट रहा था।

नित्यानंद बाबू डेरे से डाकघर के कमरे में आ रहे थे।

दीनू बोला, "जल्दी करें, बाबू। मुझे खेत जाना है। धान फूटने का समय है, खेत में पानी न रहा, तो सब चौपट!"

हाथ में फावड़ा लिए दीनू खेत में घूम रहा था। मेंड़ पर रखा था घास का बोभा। गुन-गुन स्वर में गा रहा था:

रस के धागे का रच फंदा

आप फंसा, वह गोरखधंधा...

"हाय, हाय, सही बात है।" कहकर वह एक नाले में, जिससे पानी निकलता था, फावड़े से मिट्टी डालने लगा। "उंह, यह केकड़े के मारे तो नाक में दम है! अइं-अइं-अइं!" ये शब्द ठीक ताल-ताल पर उसके मुंह से निकले।

आसमान में छाया पड़ी। बादल छाए थे।

खेत से लौट रहा था। बनिया-पोखर के बांध पर पेड़ के नीचे कोई औरत बैठी थी; देखकर दीनू चौंक उठा। यह तो वही औरत है—वासिनी।

पीठ एक पेड़ से टिकाए वह बायें हाथ से कपाल पर की लट को उमेठ रही थी—नज़र उसी लट पर टिकी थी और धीमे-धीमे हंस रही थी।

दीनू तेज़ी से बढ़ चला। सिर पर घास का बोझा। दिन की रोशनी मलिन हो आई थी। आसमान में बादल घिर आए थे।

बिजली कौंधी। मेघों की गरज हुई।

घर जाकर दीनू ने फावड़ा रखा। घास के बोझ को ज़ोर से पटककर

चारों तरफ देखा, निताई दिख जाए शायद।

सादो आंगन में एक सूखी डाल को काटकर जलावन तैयार कर रही थी।

सम्मानी कमर पर हाथ रखकर थिरकती हुई गा रही थी:

कमल खिलेगा रोज़ नया
बासी झरते रज-तल में।

दीनू ने उसकी गर्दन झकझोरकर कहा, "काट डालूंगा तुझे!"

बच्ची रो पड़ी।

सादो ठक होकर ताकने लगी। उसके बाद बोली, "पगला गए क्या!"

"हां, पगला गया। वह कहां है?"

"वह कौन?"

"तेरा बेटा।"

कहा और झटपट बाहर चला गया।

दीनू मारवाड़ी की गद्दी में गया।

चारों तरफ लदी गाड़ियों और लोगों की भीड़। धान का ढेर पड़ा था। लोग जल्दी-जल्दी ताड़ की चटाई से ढांक रहे थे। बारिश होने के आसार थे।

गद्दी पर मारवाड़ी बैठा था। बगल में बैठा मुनीम लिख रहा था। खुद मारवाड़ी बीमे के लिफाफे पर सील लगा रहा था।

दीनू ने आवाज़ दी, "निताई?"

किसी कुली से पूछा, "निताई कहां है?"

"निताई? वह तो आज छुट्टी लेकर चला गया। अभीअभी।" कहकर हंसा।

"हंसा क्यों भला?"

"योंही। लेकिन आज उसे खोजना बेकार है। नहीं मिलेगा।

"यही कह गया हमें।"

"हूं।"

दीनू फिर चल पड़ा वहां से।

पोखरे पर उसी पेड़ के पास पहुंचा।

लेकिन कहां गया निताई? वासिनी?

चारों तरफ नज़र दौड़ाई। कहां हैं?

अचानक खिलखिलाहट हुई। चौंका वह। हंसी वासिनी की थी।

ज़रा ही दूर पर सघन छांहवाला दूसरा पेड़ था। उसीके नीचे से हंसते-हंसते वासिनी निकली। उसका पीछा करता हुआ निकला निताई।

दीनू ने ज़ोर से पुकारा, "ऐ निताई!"

निताई ठिठका। पीछे पलटकर देखा उसने।

दीनू ने फिर पुकारा, "निताई!"

अब की वासिनी दौड़ी आई। निताई का हाथ थामकर कहा, "धुत्! आओ!"

दीनू चीख उठा, "आज से समझ लूंगा, मैं निपूता हूं! तू मर गया!" इतना कहकर वह मुड़ा। पीछे से वासिनी की खिलखिलाहट गूंजी।

इतने में वर्षा उतरी। पोखरे के पानी में झमाझम करके वर्षा की धारा गिरने लगी।

घर लौटकर बरामदे में कुछ क्षण के लिए वह बैठ गया। पानी बरस रहा था। भीग गया था दीनू।

बच्ची ने कहा, "बप्पा!"

दीनू ने कहा, "खेल जाकर तू। जान मत खा!"

दीनू उठा। उसकी आवाज़ में एकसाथ ही खीझ और निराशा!

सादो ने डरते हुए पूछा, "कहां जा रहे हो?"

दीनू ने जवाब नहीं दिया। बारिश में ही निकल पड़ा। पहुंचा मालिक के यहां। रिमझिम पानी पड़ ही रहा था।

मालिक अकेले बैठे थे। सामने उनके अखबार पड़ा था। ऊपर ही बड़े-बड़े अक्षरों में छपा था, "थाने का मालखाना तोड़कर बंदूक की लूट!"

दीनू ने मालिक के पैर पकड़ लिए। कहा, "ज़मीन अब मुझे नहीं चाहिए सरकार, खेत की हविस पूरी हो गई। आप खेत लेकर मुझे रुपये दे दीजिए। तीन सौ रुपये!"

"खेत बेच देगा?"

"जी। निताई मोटर का लैसन लेगा। रुपये देने होंगे।"

"ठीक है, ले लेना। जो दिया था ले लेना—खेत मैं ले लूंगा!"

घर लौटा। सादो से कहा, "कह देना उससे, लैसन का रुपया मैं दूंगा। मगर वासिनी को छोड़ना पड़ेगा। कह देना, न छोड़ेगा तो मैं फांसी खाकर मर जाऊंगा। समझ गई, कह देना!"

आसमान में तब भी बादल घिरे थे। बिजली चमक रही थी। मेघ गरज रहे थे धीमे-धीमे। उसके साथ-साथ उतरता आ रहा था सांझ का अंधेरा।

दीनू उसी अंधेरे में डाक लेकर चला।

अंधेरे में महज़ लालटेन चल रही थी मानो। और झुन्झुन् की आवाज़। रह-रहकर बिजली कौंध जाती। उसी चमक में दीनू के पीछे का हिस्सा झलक उठता।

धीरे-धीरे जंगल शुरू हो गया और आरम्भवाला दृश्य फूट उठा।

डाक्टर की मोटर गुज़री।

अंधेरे में जंगल से बनी मूरत-सी कोई मूरत दीनू के सामने आकर खड़ी हो गई।

माथे पर पगड़ी। मुंह पर फेंटा बंधा। पहचान से परे। हाथ में लोहे का डंडा। डंडा उठाकर वह डपट उठा, "ऐ, रुक जा!"

दीनू चीख उठा, "खबरदार!"

कंधे से भाले को उतारकर संभाल लेना चाहा उसने।

अस्पताल के बेड पर पड़े दीनू को हिलाते हुए नर्स ने कहा, "हुआ क्या? हो क्या गया तुमको?"

दीनू ने फिर कहा, "सरकार बहादुर की डाक!"

नर्स ने मुंह पर, आंखों में पानी के छींटे दिए।

दीनू को होश-सा आया। बोल उठा, "ऐं! ऐं!"

"क्या हुआ? चीख क्यों रहे थे?"

दीनू बोला, "नहीं। चीख नहीं रहा था। याद कर रहा था..."

ठगा-सा हंसा वह।

जूतों की चरमराहट के साथ दाखिल हुए एस० पी०। इन्सपेक्टर। कांस्टेबल।

आते-आते एस० पी० ने दीनू की बातें सुन ली थीं। उन्होंने कहा, "याद करने की कोशिश कर रहे थे? गुड! साहस है तुम्हें। थोड़ी कोशिश करो, सब याद आ जाएगा।"

एस० पी० ने चारों तरफ गौर करके कहा, "खिड़की खोल दो। बड़ा अंधेरा हो गया है।"

कान्स्टेबल ने खिड़की खोल दी। कमरे में उजाला हो गया।

दीनू चौंक उठा। साहब को सलाम किया, "सलाम हुज़ूर।"

साहब ने पूछा, "अभी-अभी तुम कह रहे थे, 'याद कर रहा हूं।' याद आया?"

“जी हां।” अभिभूत की नाईं दीनू बोला।

“क्या हुआ था? डाक्टर साहब तो कह रहे थे, बस दो ही चार मिनटों में...”

“जी हां।”

“क्या हुआ था? वे लोग आए कहां से? डाक्टर की मोटर की रोशनी में किसीको देखा नहीं तुमने?”

“जी नहीं।”

“फिर तो जंगल के भीतर से आए होंगे?”

“जी हां। उसी बरगद के पास...”

“हुं। सूंदीपुर का बरगद?”

“जी हां।”

“कै जने थे? डाक्टर बता रहे थे, एक को देखा था उन्होंने...”

“जी हां।”

“ ‘जी हां, जी हां’ क्या? तादाद में कितने थे वे?”

“जी?”

“ठीक से सोच देखो, कितने थे वे?”

“जी, अंधेरा था। उछलकर वह सामने आया...”

“कौन आया उछलकर?”

“मैंने डाट बताई, ‘खबरदार...’ ”

दीनू स्तब्ध हो गया। आंखों से आंसू की दो धाराएं बह निकलीं।

“रोओ मत। रोने की क्या बात? अपनी जान बची, डाक को बेदाग बचा लिया। हिम्मतवर हो तुम। रोओ मत।”

दीनू ने झट आंखें पोंछकर कहा, “जी नहीं।”

“अब यह बताओ कि वह था कौन? अंधेरा तो था, मगर थोड़ा-बहुत तो ज़रूर पहचाना होगा।”

दीनू चुपचाप ऊपर की ओर देखता रहा।

"बताओ!" एस० पी० ने डाट बताई।

दीनू चौंका।

"बताओ। तुम उसे जानते हो! पहचाना है तुमने! अंधेरा होने के बावजूद पहचाना है! बोलो!"

एस०पी० उसके बहत करीब आ गए।कहा, "पोस्ट मास्टर का बेटा!"

दीनू चौंककर बोल उठा, "हुज़ूर..."

"उसके हाथ में जो था, वह लोहे का डंडा नहीं था, रिवाल्वर होगा, पिस्तौल। उसीकी नली तुम्हें डंडे-सी लगी।"

दीनू रो पड़ा, "जी नहीं हुज़ूर...नहीं..."

"तो कौन था, कहो। तुमने उसे पहचाना है..."

"जी, जी वह..."

उसके मन की आंखों में फिर अंधेरे जंगल में हुए घोर संग्राम का दृश्य झूल गया।

वह अपना भाला संभालने की कोशिश कर रहा है, कह रहा है, "सरकार बहादुर की डाक है!"...कठोर कंठ-स्वर।

हमला करनेवाले ने दबे गले से कहा, "मारवाड़ी का बीमा है दो हज़ार का...वह बीमा मुझे दे दो।"

"कौन?" दीनू का गला मानो बैठ गया।

जवाब मिला, "मैं हूं, दे दो! ..."

"नहीं, हरगिज़ नहीं, हरगिज़ नहीं!" चीख उठा दीनू।

और वह डाक पर औंधा पड़ गया। हमलावर ने कूदकर डाक का थैला झपट लेने की कोशिश की।

दीनू और ज़ोर से चिल्लाया, "नहीं!"

इतने में उधर से मोटर की हेडलाइट आकर पड़ी।

रोशनी हमलावर के पीछे की तरफ पड़ी। बरगद की लटकती हुई डाल की छाया पड़ी उसपर। उसने हिंसक की नाईं डंडे को उठाया। उठाया और दे मारा। मोटर की रोशनी करीब आ गई। हमला करनेवाला उछलकर जंगल में गायब हो गया।

दीनू की चीख निकली, "नहीं...ई-ई!"

उस चीख से स्वर मिलाकर एस० पी० ने कहा, "नहीं, तुम पोस्ट मास्टर के लड़के को बचाने की कोशिश कर रहे हो। बताओ, पोस्ट मास्टर का लड़का था?"

"नहीं।"

"ज़रूर था। हमें इस बात का सबूत मिला है।"

"जी नहीं, हुज़ूर, झूठ मैं नहीं बता सकता। वह...वह मेरा...मेरा लड़का था!"

"तुम्हारा लड़का?"

दीनू की आंखों के सामने निताई का फेंटा और पगड़ी बंधा हुआ सर मानो और बड़ा-सा होकर स्पष्ट हो उठा।

दीनू ने उसी तरफ ताकते हुए कहा, "जी, वह निताई था।"

चारों ओर से जैसे मेघ गरज उठे।

दो

दीनू के इतना कहते ही सारा कमरा बिजली की चमक से चमक उठा।

बादलों की गरज से सब कुछ जैसे कांप उठा।

आंधी के थपेड़े से कमरे के झरोखे पछाड़ खाकर बंद हो गए। रोशनी से चमकता हुआ कमरा अंधेरा हो गया। आई० बी० इन्सपेक्टर और

कान्स्टेबल दौड़े-दौड़े गए। किवाड़ और खिड़कियों को बन्द कर दिया।

एस० पी० लंबी डगे बढ़ाकर बाहर चले गए।

वे बरामदे को पार करते हुए बढ़े। बाहर मेघ-घिरे घोर दुर्दिन के पीछे सूर्यास्त के बाद का अंधेरा उतर रहा था। दीनू की चीख सुनकर कई, नर्स कम्पाउंडर दौड़े आए। अचरज से कमरे की ओर देखने लगे।

दो नर्सें एक-दूसरे को आंख फाड़कर देख रही थीं।

एस० पी० चले गए तो एक ने कहा, "लुटेरा इसीका लड़का था!"

"कबूल किया इसने?"

"चुप!"

इसी समय अन्दर से निकले इन्सपेक्टर।

वे गए तो पहली नर्स ने कहा, "इन लोगों को शुबहा था कि यह हरकत क्रांतिकारियों की है। मगर इसने इन्कार किया। कह दिया—नहीं, वह मेरा लड़का था।"

दूसरी नर्स ने विस्मय से कहा, "अरी मेरी मां!"

उधर बारिश शुरू हो गई।

एस० पी० अस्पताल के इस बरामदे से उधर को गए, जहां वर्दी में कई अफसर तैयार खड़े थे।

बोले, "आप नवग्राम चल दें। एरेस्ट निताई दास—दीनू का लड़का। स्टार्ट इमीजिएटली। इट इज़ ऑलरेडी लेट (फौरन चल पड़िए। काफी देर हो चुकी है।)।"

वर्षणमुखर मेघ-ढंकी सांझ के अंधेरे में सामने के रास्ते पर रोशनी जल उठी। बिजली चमकी; मेघ गरजे।

इसी दुर्योग में अपने बरामदे पर लालटेन जलाए दीवाल का सहारा लिए उदास बैठी थी सादो। आंखों से बहती हुई आंसू की धारा रोशनी

पड़ने से झकमका रही थी।

बाहर से कोई पुकार उठा, "निताई! निताई!"

सादो उठकर खड़ी हुई, "कौन?"

"मैं हूं, भवेश।"

भवेश आया। हाथ में लालटेन। सिर पर छाता।

सादो ने पूछा, "कुछ खबर आई बाबू? कैसा है वह?"

"हां, खबर आई। ठीक है। होश हुआ है। निताई को देखना चाहा है। अपने साहब ने बोलपुर तार भेजा है। निताई को भेज देने को कहा है। सुबह ही जाना होगा। है कहां वह?"

"वह तो घर में नहीं है। कल ही दोपहर को कहीं गया है। लौटा नहीं।"

उधर उसी रास्ते से, जिससे दीनू डाक लाया-ले जाया करता था, पुलिस की गाड़ी दौड़ी पा रही थी। सामने ड्राइवर। बगल में दो अफसर। हेडलाइट की रोशनी अंधेरे को चीरती हुई खुफिया निगाह डालती जा रही थी। अफसर स्तब्ध थे, उनकी भी निगाहें सामने की रोशनी पर टिकी थीं।

रेलगाड़ी का एक स्टेशन। टिन के शेड के एक छोर पर एक लोहे के खंभे से टिकी खड़ी एक मूर्ति। सिर से कमर तक कपड़े से ढंका, जैसे जाड़े के दिनों चादर लपेटते हैं लोग। कुछ ही दूर पर शेड में एक स्टाल पर कुछ लोग चाय पी रहे थे, बीड़ी फूंक रहे थे। पीछे, काफी दूर पर गाड़ी की सर्चलाइट चमक रही थी।

स्टेशन का नाम था राजबांध। प्लेटफार्म के पोस्टर पर साफ हरूफों में लिखा था।

गाड़ी आकर खड़ी हुई। दो-चार मुसाफिरों के साथ वह मूर्ति भी आगे बढ़ गई।

सर्चलाइट की रोशनी में पहचाना गया, वह निताई था। इंजन के आगे बढ़ते ही वह गाड़ी की तरफ बढ़ा—पीछे की तरफ, जहां अंधेरा था। अंधेरे में ही वह गाड़ी पर सवार हुआ।

गार्ड ने सीटी बजाई।

गाड़ी ने भी सीटी दी।

इधर आधी रात को अपलक आंखों छत की ओर ताकता हुआ दीनू अस्पताल में पड़ा है।

बाहर मेढ़कों की टर्राहट। अन्दर रोशनी के चारों तरफ पतिंगों की भीड़। दरवाज़े के पास स्टूल पर बैठा एक कांस्टेबल ऊंघ रहा है।

बरामदे के उस ओर से जूता खटखटाती हुई एक नर्स अन्दर आई

आकर दीनू के पास खड़ी हुई।

लेकिन दीनू वैसा ही निश्चेष्ट पड़ा रहा। उसकी पलकहीन आंखें ज़रा भी न मुड़ी, पत्थर हो गई हों मानो।

नर्स ने अचरज से पूछा, "अरे, तुम सोए नहीं?"

दीनू के मुंह से सिर्फ इतना ही निकला, "उंहुं!"

"नींद की दवा दी, फिर भी नींद नहीं आती?"

"उंहुं!"

रुई भिगोकर नर्स ने उसका कपाल पोंछ दिया। सर पर ज़रा-सा पानी डाला। कहा, "थोड़ा-सा पानी पी लो।"

"उंहुं!"

"नहीं तो आंखें बन्द करो। सो जाने की कोशिश करो।"

दीनू ने आंखें बन्द कीं।

नर्स चली गई। पंखे को ज़रा तेज़ कर दिया।

दीनू की आंखें फिर खुल गईं। अब की आंखों से चुपचाप आंसुओं की दो धाराएं बह निकलीं।

दूर पर जाने कहां तो टॉवर की घड़ी में तीन बजे—टन्, टन्, टन्! कहीं एक कुत्ता भौंक उठा। उल्लू बोला। ज़रा देर झींगुर बोलते रहे। सांप ने कहीं मेढक पकड़ा था, उसकी आवाज़ सुनाई पड़ी। उसी कातर शब्द के बीच ही चार बजने की 'टन्-टन्' हुई। आसमान साफ हो आया।

सवेरा हुआ।

दीनू के यहां सिपाही पहुंच गए थे, घर को घेर लिया था। आसपास मुहल्ले के लोग खड़े थे। झांक रहे थे।

सादो बुत बनी खड़ी थी। बरामदे में। एक दारोगा पूछ रहे थे, "निताई कल से जो निकला है, लौटा नहीं?"

सादो ने गर्दन हिलाकर कहा, "जी नहीं।"

"कहां गया है, बताओ।"

"मुझे नहीं मालूम।"

"किसे मालूम है? तुम्हारे पति को?"

"जी नहीं। उसे भी नहीं मालूम। वह वासिनी नाम की एक औरत के साथ कहां तो गया है।"

"वासिनी?"

"जी हां।"

"कौन वासिनी?"

"सो नहीं जानती। भांजो के समय निताई उसे नाचने के लिए ले आया था। उसके लिए बाप से झगड़ा हुआ; मैंने कितना कहा, मगर उसने एक नहीं सुनी। उस रोज़ उसे उस औरत के साथ देखकर बाप ने कहा था, 'मैं समझ लूंगा कि मैं निपूता हूं!' फिर भी न माना। उसी औरत

के साथ चला गया।"

"अच्छा!"

इतने में घर के अन्दर से दूसरे अफसर निकले। बोले, "नथिंग फाउंड। नो ट्रेस। (कुछ भी नहीं मिला। कोई सुराग नहीं।) चलो।"

और उधर निताई चला जा रहा था ट्रेन से।

ग्रैंड कार्ड लाइन की गाड़ी। सिगनल न होने के कारण गाड़ी एकाएक डिस्टैंट सिगनल पर रुक गई।

मुसाफिर मुंह निकालकर देखने लगे। निताई भी देखने लगा। जगह की शक्ल-सूरत से बंगाल की कोई समानता नहीं। पहाड़ दिखाई दे रहे थे। दूर पर जंगल।

एकाएक उठकर निताई दरवाज़े के पास आया। दो-चार आदमी नीचे उतरकर देख रहे थे। कोई दतवन तोड़ रहा था। वह भी उतरा। कुछ दूर बढ़ा। एक बार मुड़कर गाड़ी की तरफ देखा। उसके बाद तार के घेरे को पार कर रेल के अहाते से निकला और तेज़ी से चल पड़ा।

पीछे सीटी बज उठी। वह फिर मुड़ा। मुड़कर देखा, सिगनल हो गया है। धुआं छोड़कर गाड़ी हिली। चल पड़ी।

वह फिर पलटा। तेज़ी से। और फिर दौड़ने लगा। गाड़ी चली गई।

वह दौड़ा। कंधे पर वही बैग, जिस बैग के साथ वह वासिनी के साथ दिखाई दिया था।

सवेरे, लगभग उसी समय, दीनू के बेड के सामने खड़े होकर पोस्टल सुपरिटेंडेंट ने अचरज के साथ पूछा, "तुमने कहा कि वह तुम्हारा लड़का था?"

दीनू उसी तरह आंखें फाड़कर ताकता रहा। बोला नहीं।

उन्होंने फिर से पुकारा, "दीनू! दीनू!"

"आं"

"तुमने बताया कि लुटेरा तुम्हारा लड़का था?"

दीनू ने गर्दन हिलाकर 'हां' कहा।

"तुमने ठीक पहचाना था?" दीनू ने तुरत गर्दन हिलाकर हामी भरी।

सुपरिंटेंडेंट ने पूछा, "अंधेरे में भूल तो नहीं हुई?"

दीनू ने गर्दन हिलाई, "नहीं।"

सुपरिंटेंडेंट गर्दन झुकाकर आश्चर्य से शायद दीनू की ही बात सोचते रहे।

दीनू ने धीरे-धीरे कहा, "झूठ कैसे बता दूं!"

वह लेटा-लेटा सिर हिलाता रहा—जैसे 'ना, ना' कह रहा हो।

सुपरिंटेंडेंट ने उसके बदन पर हाथ रखा, "तुम्हें तो बुखार हो आया है!"

दीनू ज़रा उदास हंसी हंसा।

"बुखार तो काफी है, डाक्टर साहब!"

वे बाहर चले गए।

चक्का डूब रहा था। पहाड़ की तलहटी।

एक पेड़ के नीचे ज़मीन पर औंधा पड़ा निताई। सारे बदन पर धूल। सिरहाने वही बैग। एकाएक उसने सिर उठाया। डूबते हुए सूरज की किरणें उसके चेहरे पर पड़ीं। आंखों से बह रहे थे आंसू।

उसने फिर मुंह गाड़ लिया। आंखों में नाच उठी पिता की वह डाक का थैला जी-जान से पकड़े हुए मूर्ति!

घबराकर उठ बैठा वह। खड़ा हुआ। चल पड़ा।

वहां से बॉयलर की सीटी सुनाई पड़ी।

चौंककर ठिठक गया वह।

इधर टॉवर की घड़ी में पांच बजे।

थाने पर दारोगा, एस० पी०, इन्सपेक्टर के सामने वासिनी बैठी थी।

कह रही थी, "मैं नहीं जानती, वह कहां है! आपके पैरों पर हाथ रखकर कह सकती हूं, भगवान की सौगंध खाकर कह सकती हूं!"

उसने ये बातें कहीं तो विनय के ही साथ, परंतु उनमें संजीदगी थी।

"भगवान की सौगंध खाकर?"

"काली, दुर्गा, कृष्ण, जिसकी कहें उसीकी सौगंध खाकर! ......"

"चुप रह हरामज़ादी! ......"

वासिनी चौंकी। चुप हो गई।

"काली, दुर्गा, कृष्ण!" व्यंग्य से एस० पी० बोले, "तुझे सब पता है!"

"मुझे नहीं मालूम है, नहीं मालूम! हुज़ूर, मैं नहीं जानती! वह मेरे पास आता था, और जब आता था, रुपया-दो रुपया दे दिया करता था। मुझसे प्यार हो गया था उसे। उसने मुझसे ब्याह करना चाहा था। मैंने नकार दिया। कहा, तुम्हारे उस घर में में नहीं रह सकती..."

"हां, तुझे उसने तमाचा मारा था। तूने उसके बाप को गाली दी थी।"

"जी, ठीक कहते हैं। लेकिन उसके बाद फिर मेरे पास आया था। पांच रुपये देकर मुझसे मेल कर गया था। शादी की बात छेड़ी थी। कहा

था, रुपये का बन्दोबस्त कर रहा हूं—मोटर-डिराइवरी का लैसन लूंगा। मैंने 'नाहीं' कर दी थी। लेकिन रात को सोचकर देखा..." चुप हो गई वह।

"बोल! क्या सोचा, बता!"

"हुज़ूर, मेरे बच्चा होगा। उसीका है। सो मैं सवेरे उसके पास गई थी। उसका बाप मुझे फूटी आंखों भी नहीं देख सकता। इसीलिए गांव के बाहर पेड़ तले बैठकर बात पक्की कर ली थी। उसने वचन दिया था कि शादी करके वह मुझको दूर के किसी शहर-बाज़ार में ले जाएगा; रुपये का इंतज़ाम हो गया है; सुबह रुपया लेकर मेरे पास आएगा। मुझे तैयार रहने को कह गया था। मैं वहां से चली आ रही थी।...ज़रा पानी पीती बाबूजी!"

"दो, पानी दो इसे।"

कांस्टेबल ने पानी दिया।

पानी पीकर वासिनी कहने लगी, "मैं जब चली आ रही थी, तो उसके बाप ने मुझे देख लिया था। उसने एक पोखरे के बांध पर से आवाज़ दी थी हुज़ूर। मुझे खौफ हुआ, बाप के पास जाने से उसका विचार बदल जाएगा। बाप को बेहद मानता था वह। सो उसे खींचती हुई मैं अपने घर तक ले आई थी। सांझ तक मैंने उसे अपने यहां रोक रखा था, उसके बाद छोड़ दिया था। सांझ को उसका बाप डाक लेकर चला जाता है। मैंने कह दिया था, सवेरे मैं तैयार रहूंगी। रुपये का इंतज़ाम करके ज़रूर आना। लेकिन वह नहीं आया। बस, और कुछ मैं नहीं जानती हुज़ूर! कुछ नहीं जानती! मेरे पेट में बच्चा है, उसकी कसम!"

"इसे दीनू के पास अस्पताल ले चल।"

दीनू को बहुत तेज़ बुखार था।

अंड-बंड बक रहा था वह।

नर्स माथे पर बर्फ दे रही थी।

चीखकर दीनू बोल उठा, "खबरदार! ..."

उसके हाथ-पांव सख्त हो उठे। वह उठ बैठने को तैयार हुआ।

नर्स ने रोका।

कुछ देर बाद बोला, "नहीं, नहीं! निताई......नहीं!"

कुछ क्षणों के बाद फिर बोला, "नहीं, नहीं, नहीं! मास्टर बाबू का बेटा नहीं। वह मेरा बेटा है—निताई। झूठ मैं नहीं कह सकता, नहीं कह सकता!"

अचानक दरवाज़े के पास एस० पी० दिखाई दिए।

उनके पीछे-पीछे कुछ अफसर और वासिनी।

अंदर आकर एस० पी० ने पूछा, "डिलिरियम? भूल बक रहा है?"

नर्स ने कहा, "जी, सर।"

"बुखार है?"

"एक सौ दो।"

दीनू बोल उठा, "निताई रे, अरे निताई! निताई!"

एस० पी० ने खुद पंखा तेज़ कर देने की कोशिश की।

दीनू हताश स्वर में बोल उठा, "जा, निताई खो गया!"

फिर बोला, "बाप रे कितना अंधेरा!"

एस० पी० बाहर चले गए।

घोर अंधेरा। घना जंगल।

छायामूर्ति-सी एक मूरत चली जा रही थी। दूर एक चिमनी से आग निकल रही थी।

मूर्ति उसीकी ओर बढ़ रही थी।

दूसरे दिन सवेरे एस० पी० ने इन्सपेक्टर से कहा, "इस औरत को छोड़ ही दो।" कहकर ज़रा देर चुप रहे। फिर बोले, "इससे ज़्यादा

वह नहीं जानती। छोड़ दो। हां, कह दो, कहीं जाए नहीं। कीप वाच। (निगरानी रखो।)" एस० पी० और इन्सपेक्टर चले गए। घंटी दबाई। अर्दली से कहा, "निरंजन बाबू।"

आइ० वी० निरंजन बाबू आए। एस० पी० ने कहा, "इसे सर्कु-लेशन के लिए हर रेलवे स्टेशन, पोस्ट आफिस...और-और सार्वजनिक स्थानों में भेज दीजिए—आज ही! फोटो के होने से सहूलियत होती, मगर लाचारी है।"

उन्होंने कागज़ उनके हाथ में दिया।

आइ० वी० ने पूछा, "डाक-विभाग की चिट्ठी के बारे में क्या...? क्या जवाब दूं उसका, क्या करूं?"

एस० पी० ने कहा, "सर्टेनली! दीनू मस्ट बी रिवार्डेड (जरूर! दीनू को इनाम ज़रूर मिलना चाहिए!)! पुलिस की ओर से हम लोग भी कुछ रिवार्ड देना चाहते हैं। इस शख्स ने..."

उनकी आंखों में अस्पताल के बेड पर पड़े दीनू की तस्वीर नाच गई—'नहीं, नहीं, झूठ मैं नहीं बता सकता! मास्टर बाबू का लड़का नहीं—वह...वह मेरा लड़का था!'

एस० पी० बाहर जाकर खड़े हुए।

सामने के लान में घास के बेशुमार फूल खिले थे।

नवग्राम पोस्ट आफिस में नोटिसबोर्ड पर निताई के बारे में एक सर्कुलर टंग गया था।

सुरेश बनर्जी पढ़ रहा था:

सूचना

500) पुरस्कार

फरार मुलजिम निताईचरण दास; उम्र
बीस-बाईस साल, लंबाई लगभग पांच फुट
चार इंच। काला रंग, हट्टा-कट्टा, गले में
काले धागे में बंधा चांदी का तावीज़।

बाहर निकलकर नित्यानन्द बाबू ने कहा, "पढ़ रहे हैं?"

"हां।"

कहकर वे मुड़े। बोले, "ऐसे बाप का बेटा! यह इसने किया क्या, सो तो कहिए!"

नित्यानन्द बाबू बोले, "मेरी ही सोच देखिए न, मेरे जैसा डरपोक, सरकारी नौकर—और उसका बेटा..."

"साहब ने शायद दीनू से अमर का नाम बताने को कहा था?" सुरेश ने दबी आवाज़ में कहा।

"हूं। मगर उसने तो नहीं बताया।"

"सुना, दीनू को पुरस्कार देगी सरकार?"

"हां। हमारे डाक-विभाग से ढाई सौ रुपये। पुलिस की तरफ से भी कुछ मिलेगा शायद।"

हाथ में चिट्ठियां और कंधे पर रजिस्ट्री का बैग लिए एक डाकिया निकला और चला गया।

नित्यानन्द ने उसके जाते-जाते कहा, "ज़रा दीनू के यहां की खोज-खबर लेना भवेश!"

सुरेश पलटकर फिर पढ़ने लगा—500) पुरस्कार!

दीनू अस्पताल से लौटकर आने लगा। घुटा हुआ सिर। घुटे सिर पर ज़ख्म का निशान।

साथ में एक पुलिस का दारोगा।

एक खूसट-सी जमादारनी बेड-पैन साफ करके लिए जा रही थी। बोली, "जा रहा है? हसपताल से छुट्टी?"

फीका हंसकर दीनू ने कहा, "हां।"

"और तोहार लइका (लड़का), मिलल पता? ना मिलल?"

वह बोलती रही। दीनू चला गया।

वह कहती गई, "नहीं मिला तो जान बची बेचारे की। तेरे जैसा बाप!..."

दारोगा ने डांटा, "ऐ,बकबक मत कर! अपना काम कर!"

दारोगा दीनू को ज़िला मजिस्ट्रेट के यहां ले गया।

वहां एस० पी० और पोस्टल सुपरिंटेंडेंट भी मौजूद थे।

ज़िला मजिस्ट्रेट ने दीनू के हाथ में एक थैली दी। कहा, "सरकार ने तुम्हें ढाई सौ रुपया पुरस्कार दिया है और ये पचास रुपये पुलिस-विभाग की ओर से। यह तुम्हारी कर्तव्य-परायणता, तुम्हारी सत्यता का पुरस्कार है। खासकर, तुमने अपने बेटे को बचाने के लिए भी सचाई को नहीं छिपाया। नाहक ही दूसरे को फंसाने की कोशिश नहीं की। इसी दुर्लभ सत्यता का यह पुरस्कार है। लो।"

जैसे कोई मशीन का पुतला हो, दीनू ने पुरस्कार लिया। झुककर नमस्ते किया।

एस० पी० बोले, "हां। हिम्मत हो और देह में ताकत हो तो डकैत का मुकाबला कोई कर सकता है। लड़कर उसे भगा भी सकता है। लड़कर मर भी जा सकता है। लेकिन..."

पोस्टल सुपरिंटेंडेंट ने कहा, "तुम्हें एक महीने की छुट्टी दी है मैंने।"

दीनू ने कहा, "छुट्टी?"

"हां, थोड़ा आराम कर लो।"

"आराम!"

"हां, सेहत सुधारना ज़रूरी है।"

"जी! ठीक है।"

दीनू अपने घर लौटा।

गांव के मोड़ पर ही ठिठक गया। दोनों तरफ दुकानों पर लोगों की भीड़। एक दुकान पर एक बाऊल गा रहा था: कुल और कलंक लेके क्या करूं हाय, कौन बताए? कुल में सुख, सोने की सेज, दुख कान्हा से प्रीत लगाए! नैना श्याम, श्याम हैं कान्हा, माथे केश कलंकी रे! काली इन आंखों की पुतली, हाय करूं क्या कौन बताए?

कुल रक्खूं या श्याम हाय रे
प्रीत-गली में दो न समाय रे

बीच धार में डूबूं आखिर, श्याम-प्रेम में कुल बह जाए! (अगम अथाह भंवर में डूबूं-हाय, करूं क्या, कौन बताए? कुल की सोने की डिबिया में, मन-भौंरे का वास कालीदह के श्याम-कमल के मधु की केवल आस

श्याम गए, रह गई न पत रे
सोने की राधा की गत रे

फिर भी राधा कलंकिनी रे—घर-घर नाम रटाए।

बाऊल गाता रहा और उसके भिक्षापात्र में भीख मिल गई। 'हरि-हरि बोल' कहकर वह चलने लगा। हाथ का इकतारा टुन-टुन बजता रहा।

दीनू अपने घर में माथे पर हाथ रखे स्तब्ध बैठा था।

पहला झोंका गुज़र गया था। सादो ज़मीन पर औंधी पड़ी थी। फफक-फफककर रो रही थी।

अड़ोस-पड़ोस के लोग खड़े थे। उन्हींमें से कोई-कोई बोल उठता था। बात नहीं, जैसे तीर मार रहा हो—शब्दबेधी बाण! छोड़नेवाला नज़र नहीं आता था। तीर आ-आकर दीनू को चुभ रहे थे।

नारी और पुरुष—दोनों के स्वर...

"बलिहारी रे बाप की! शाबाश बाप!"

"जीभ से निकला, तो बेटे का नाम!"

"बाप क्या है, पत्थर है पत्थर!"

"धर्मात्मा है—पत्थर नहीं, धर्मात्मा!"

"ये हज़रत दीनबन्धु नहीं, युधिष्ठिर हैं युधिष्ठिर!"

"नकद तीन सौ रुपये मिलें तो हर कोई युधिष्ठिर हो सकता है!"

"अब उसे पुलिस के हवाले करके और पांच सौ लेगा!"

इतने में एक ओर से एक बुढ़िया आई। उसने कहा, "यह सब कह क्या रहे हो तुम लोग! मैं पूछती हूं, धरम आखिर है कि नहीं है? माना, देवता पत्थर के हैं—धरम सच है कि नहीं! दीनू ने अधरम तो किया नहीं! उसे क्यों ऐसे सता रहे हो तुम लोग?"

"अरे बाप रे! बड़ी आई दरदवाली मौसी! प्यार से जी चौचीर हुआ जा रहा है फटकर!"

दबी हंसी गूंज उठी।

बुढ़िया ने कहा, "तो फोड़ दूं भंडा, खोलूं मैं ज़बान! मैं पूछती हूं, अरी ओ निवारण की बहू! बुड्ढी हुई तो क्या, कान मेरा बड़ा पतला है। पूछती हूं, उतनी रात को निवारण दबे पांवों गली के रास्ते कहां जाता है? और फिर भोर-भोर को..."

इतनी देर के बाद अब दीनू ने कहा, "छोड़ो भी फूआ! पांच जनों का मुंह—दो हाथों से कैसे बन्द करोगी, कहो? वह देखो, सादो रो रही है। मां का कलेजा, क्या समझाऊं उसे? रुपये भी मिले मुझे, लिया भी मैंने। वह अगर फिर कभी लौटे...? तब क्या करूंगा मैं?..." कहकर दीनू रो पड़ा, "अब जिसमें वह कभी न लौटे फूआ, कभी नहीं! ..."

और जब इधर यह गुज़र रहा था, निताई हज़ारीबाग के किसी छोटे-से शहर में मोटर-मरम्मत के कारखाने में एक बस के पास बैठा बीड़ी पी रहा था। बदन पर तेल-कालिख लगी एक गंदी गंजी। हाफ पैंट। बस की मरम्मत हो रही थी। दूर पर किसी कारखाने की चिमनी दिखाई पड़ रही थी।

उम्र के हिसाब से निताई के चेहरे पर मूंछ-दाढ़ी उग आई थी। सिर के बाल बड़े और घने हो गए थे।

एक पेड़ के नीचे उसके मालिकों में से दो जने अखबार पढ़ रहे थे:

"पांच सौ रुपये पुरस्कार! फरार मुलज़िम निताईचरण दास। उम्र बाईस-तेईस। लम्बाई पांच फुट चार इंच। रंग काला। हट्टा-कट्टा..."

दूसरे ने टोका, "अरे, समाचार छोड़कर विज्ञापन पढ़ने लगे! समाचार पढ़ो।"

निताई ने एक बार उन लोगों की ओर देखा और मुंह फेरकर बैठा।

अंदर से किसीने पुकारा, "ऐ नये छोकरे...क्या नाम है...ऐ!"

"जी, गौर।"

"ज़रा बढ़के देखो तो, साइलोसर पाइप मरम्मत करने गया है—आ रहा है या नहीं।"

निताई ने कहा, "अच्छा।" जाते समय उसने पेड़ से लटकते हुए अपने कुरते को उतारकर कंधे पर रख लिया।

रास्ते पर गया। कुछ दूर चलकर मैदान में उतर पड़ा। जाते-जाते सखुए का एक जंगल मिला। जंगल के अंदर घुसकर एक पेड़ के नीचे बैठा। थका-सा उस पेड़ के सहारे टिककर आंखें बंद कर लीं। कुछ देर के बाद फिर संभलकर बैठा। टेंट में से एक बटुआ निकाला। बटुए को

खोला। अंदर से एक दस का, एक पांच का, तीनेक एक-एक रुपये के नोट और कुछ रेज़गारी निकाली। उन्हींके साथ निकला काले धागे में बंधा एक तावीज़। चांदी के उस तावीज़ को उठाकर देखा। उसपर उसका नाम लिखा था—'निताई'। उसे एक पत्थर पर रखकर दूसरे पत्थर से चूर डाला। उसके बाद फिर से सबको बटुए में डाला। बटुए को कमर में बांधा। फिर आंखें बन्द करके पेड़ के तने के सहारे उठंग गया। आंखों से आंसू बहने लगे। उसी हालत में कुरते की जेब में से कागज़ में लिपटी हुई कोई चीज़ निकाली।

आधी खाई हुई डबलरोटी।

थका-थका-सा खाने लगा।

खाते-खाते ही उठ खड़ा हुआ। चल पड़ा।

थोड़ी ही दूर चलने के बाद एक पहाड़ी नाला मिला। नाले के एक किनारे दुबली-सी धारा बह रही थी। पानी पिया। फिर चला।

कहां?

सामने पथरीला प्रांतर। पगडंडी की रेखा दूर तक दौड़ गई दीखती थी। कहां को, कौन जाने?

ठिठक गया।

एकाएक नज़र आया, दायें या बायें, एक तरफ धुएं की कुंडली उठकर दूर आसमान तक फैल गई है। रेल के धुएं जैसी।

रेल ही थी। दूर पर सीटी सुनाई पड़ी।

मुड़कर वह उसी तरफ को चला।

सांझ होती आ रही थी। चिड़ियां बसेरे को लौट रही थीं। कलरव हो रहा था।

चहचहा सुनकर उसने ऊपर देखा। चिड़ियां एक पेड़ पर बैठीं।

उसने देखा। एक उसांस ली। फिर चला।

अंधेरे में अब हरी रोशनी झलकी। सिगनल की। वह लपका। वह

जाएगा! जिएगा वह!

अपने घर बैठा दीनू गौओं के बदन पर हाथ फेर रहा था। सादो वैसी ही पड़ी थी। पांव से सिर तक कपड़े से ढंकी। मरी हुई जैसी पड़ी। हिल-डुल नहीं। चुपचाप।

दीनू ने जैसे अकस्मात् कहा, "सुनती है, उठ!"

सादो ने सिर हिलाया, "नहीं! नहीं! नहीं!"

"नहीं क्या? उठ। क्या करेगी? जीना तो पड़ेगा!"

सादो अब बोल उठी, "नहीं, जीने की 'कांछा' नहीं रही! वह कांछा पूरी हो चुकी मेरी। घाट-बाट में लोग खिल्ली उड़ाते हैं। कहते हैं, युधिष्ठिर की मेहरिया! सिर्फ युधिष्ठिर नहीं, तीन सौ रुपये का युधिष्ठिर! ..."

बीच ही में बाधा पड़ी।

"दीनू! ओ दीनू! है घर में?" कहता हुआ अखबार लिए सुरेश बनर्जी पहुंचा।

घुंघट काढ़कर सादो अन्दर चली गई।

सुरेश ने कहा, "अखबार में तेरी खबर छपी है दीनू, तेरी तस्वीर के साथ! यह देख! ..."

उसने अखबार दीनू को दिया।

सुरेश कहता गया, "मैंने खबर भेजी थी। अरे कोई और मुल्क होता तो..."

दीनू ने एक बार तस्वीर को देखा—धीरे-धीरे फाड़ डाला। उसके कई टुकड़े कर दिए।

सुरेश हक्का-बक्का-सा देखता रहा।

अखबार जब फाड़ा जा चुका तो लड़खड़ाती आवाज़ में सुरेश बोला,

"दीनू, मैं समझ नहीं सका...कुछ ख्याल मत करना।"

दीनू बीच ही में उठा। उठकर बाहर चला गया। कुछ कहने या सुनने का इन्तज़ार नहीं किया।

सुरेश माथा झुकाकर चला गया।

सूने आंगन में दो-एक मेमने, कुछ मुर्गे-बतख घुस आए। उधर से वही बुढ़िया फूआ आई। कमर पर मिट्टी का एक घड़ा।

"बहू! रसोई चढ़ा दी? कहां है? अरे, कहां गए सब? देर हो गई मुझे। वही लोटन चौकीदार से उलझ पड़ी। कहा मैंने, तू चोर को चोरी करने को कहता है, और गिरस्त को कहता है होशियार होने को! तू नहीं समझेगा। यह नहीं समझेगा तू!"

घड़ा उतारकर वह बरामदे में गई।

"अरी कहां गई? अ-ह-ह! कहीं कुछ नहीं...लकड़ी वकड़ी..."

सादो बाहर निकली।

"तुम छोड़ दो फूआ। रसोई मैं चढ़ाती हूं। तुम कष्ट न करो..."

"कष्ट? मुझे? हट तू। बक मत ज़्यादा! बैठ, जुगाड़ कर दे!"

दीनू आया, अपनी बल्लम-पोशाक लेकर चला।

फूआ ने कहा, "यह सब लेकर कहां चला दीनू?"

"काम पर। छुट्टी मैंने कैंसल करा दी।" घंटी झुनझुनाता हुआ वह चला गया। झुन्-झुन्... झुन्-झुन्! ...

जंगल के रास्ते पर रात के अंधेरे में यह 'झुन्-झुन्' बजाता चला। उधर से आई मोटरगाड़ी। प्लेट का नम्बर 1942।

'झुन-झुन' की आवाज़ ज़रा देर को रुकी।

दीनू नज़र नहीं आया। उसकी दबी आवाज़ सुनाई पड़ी, "निताई!"

एक उल्लू बोल उठा—"कैच! कैच!"

फिर वही झुन्-झुन्!

फिर आई मोटर। अब की प्लेट पर 1943।

आवाज़ फिर रुकी।

दीनू ने फिर आवाज़ दी, "निताई!"

अब की स्यार बोल उठा या फिर वही उल्लू।

फिर वही झुन्-झुन्...झुन्-झुन्!

फिर मोटरगाड़ी...

एक, दो-1944, 1945।

दीनू की पुकार दो बार सुनी गई, "निताई! निताई!"

कुत्ता भौंकता रहा—"भों-भों!"

बोलपुर की रोशनी दिखी।

उसके बाद आया बोलपुर स्टेशन।

प्लेटफार्म पर वासिनी दिखाई पड़ी। चार-पांच साल के एक बच्चे को लिए घूम रही थी। बच्चा सो रहा था। वह मुसाफिरों से भीख मांगती फिर रही थी। भीख तो मांग रही थी, पर उसके स्वभाव की साफ झलक मिल रही थी। साज-पोशाक फटी-चिटी थी, तो भी।

वासिनी सहसा आकर रुक गई।

लैंपपोस्ट के नीचे दो हरकारे बाघ-गोटी खेल रहे थे—कुछ दूर पर बैठा दीनू आसमान की ओर देख रहा था। उसकी आंखों में, चेहरे पर, बालों में कई सालों की परेशानी की छाप।

वासिनी को देखकर एक हरकारे ने रहा, "अरे, बाप रे!"

दूसरे ने कहा, "ऐ...रे!"

"लगता है, हमारे युधिष्ठिर को देख रही है!"

वासिनी ने आगे बढ़कर रूखे स्वर में कहा, "राक्षस! तू राक्षस है! राक्षस!"

दीनू चौंक उठा। स्थिर आंखों से उसे देखकर उठ खड़ा हुआ।

"राक्षसी! डाइन! तू वही वासिनी है?"

"हां, हां रे पूतखोर राक्षस, मैं वही हूं! ..."

"खबरदार!"

"क्या है?"

एक कांस्टेबल आया। साथ-साथ और लोग।

वासिनी दौड़कर भाग गई।

दीनू हक्का-बक्का खड़ा रहा।

लोगों ने कुछ पूछना चाहा। लेकिन सब कुछ को ढंकते हुए टनन्-टनन् बज उठी घंटी। इंजन की सर्चलाइट से प्लेटफार्म में उजाला हो उठा।

दीनू के घर में रात के अन्तिम पहर में बीमार सादो नींद में चौंक उठी, "निताई!"

बगल ही में बुढ़िया बूआ सोई थी।

वह जग पड़ी। पुकारा, "बहू!"

सादो फिर बोल उठी, "निताई!"इस बार दबी ज़बान में।

बुढ़िया ने फिर आवाज़ दी; "बहू!"

"देखो तो बूआ। दरवाज़ा खोलो तो। लगा, उसने पुकारा।"

कोहनी के सहारे उसने उठने की कोशिश की।

"उठ मत। तू उठ मत। मैं देखती हूं!"

बूआ ने जल्दी से ढिबरी जलाई और दरवाज़ा खोलकर निकली। पौ फट रही थी। चिड़ियां चहक-चहक उठती थीं।

आंगन सूना पड़ा था। आसमान भी जैसे धुला-पुंछा।

सुबह के आभास से तारे भी मानो गायब हो गए थे। आंगन का

फूलवाला पौधा फलरहित, खाली।

एक कुत्ता सो रहा था केवल। आहट पाकर वह उठ गया। दुम हिलाने लगा।

अन्दर से सादो ने पूछा, "बुआ!"

"कहां, कहीं तो कोई नहीं!"

सादो किसी प्रकार दरवाज़े के पास तक आई। पुकारा, "निताई!"

बूआ ने कहा, "लगता है, तूने सपना देखा बहू!"

सादो बोली, "सपना?" लंबा निश्वास छोड़कर बोली, "होगा!"

सवेरे दीनू डाक पहुंचाकर लौटा तो सूबह के बचे मरमुरे और थोड़ी-सी शराब लेकर पीते हुए उसके सिरहाने में बैठकर पूछा, "क्या सपना देखा, सादो?"

सादो छप्पर की ओर ताकती हुई उसी सपने की जुगाली कर रही थी मानो। वह चुप ही रही।

दीनू ने कहा, "सपना नहीं, हो सकता है, वह आया हो।"

सादो ने जवाब नहीं दिया।

दीनू ने कहा, "कल इतने दिनों के बाद उस वासिनी को बोलपुर स्टेशन पर देखा। गोद में एक बच्चा। मुझे शक होता है, सादो।"

सादो ने प्रश्न-भरी निगाह से उसे देखा।

दीनू ने कहा, "शक होता है कि वह उसीके साथ है। जंगल में या और कहीं छिपा..."

सादो ने कहा, "ऊंह, ऊंह!"

दीनू ने अचरज से पूछा, "क्या?"

सादो ने कहा, "मैंने देखा, एक बहुत बड़ी नदी...पानी और पानी... उसीमें विशाल एक मकान-सा क्या तो है। उसपर एक मस्तूल...वह उसी

पर खड़ा होकर मुझे बुला रहा है—'मां!' मेरे कानों में 'मां' साफ सुनाई पड़ा। नींद उचट गई। मैं निताई कहकर चीख उठी। उसके बाद लगा, वह शायद बाहर खड़ा है।"

स्वप्न की वह छवि उसकी आंखों में थिरकने लगी।

कुहरे से अंधेरे में छाया-सी तस्वीर। किसी स्टीमर का मस्तूल पकड़े निताई खड़ा है।

वह छवि मिट गई। सादो ने गर्दन हिलाकर कहा, "वासिनी के साथ? नहीं, नहीं!" उसने गर्दन हिलाई।

"लड़का ठहरा। पहली जवानी में भूल कर बैठा।" मगर 'ना, ना' करके उसने फिर गर्दन हिलाई।

दीनू ने भी गर्दन हिलाई। 'ना, ना, ना'। यानी वह वासिनी के ही साथ है। और हंसिया-जाला लेकर वह निकल पड़ा।

बाहर आंगन में बूआ उपले पाथ रही थी।

उसने कहा, "दीनू, बोलपुर से कल खैनी ला देना बेटे।"

"ला दूंगा।" कहकर वह चला गया।

हंसकर बूआ ने कहा, "सपने के बारे में सुना?"

दीनू तब तक जा चुका था।

लेकिन फूआ बोलती ही गई, "सुबह का सपना। झूठा नहीं होता! वह अब आएगा—आएगा!"

रात को बोलपुर प्लेटफार्म पर वासिनी एक छोकरे के साथ बैठी चाय और बीड़ी पी रही थी और ठठाकर हंस रही थी। बच्चा सो रहा था।

छोकरे ने कहा, "हंस क्यों रही हो?"

"हंस क्यों रही हूं? याद आता है। सब यही कहते हैं।"

"सब कहते हैं!"

"हां, सब। मैं क्या कहती हूं, जानते हो?" ..

"क्या?"

उसके कान के पास मुंह सटाकर वासिनी गुनगुना कर गा उठी—

"कमल खिलेगा रोज़ नया बासी झरते रज-तल में!"

गाकर हंस उठी वह। लेकिन वह हंसी बीच में ही थम गई।

नीले यमुना-जल में!

एकाएक कुछ दूर पर अंधेरे में बौखलाए जंतु-सी चीख उठी, "आं!

वासिनी चौंक उठी। वह छोकरा भी चौंक उठा। प्लेटफार्म से लोग-बाग दौड़ आए, "ऐ, ऐ!"

"क्या हुआ, क्या हुआ?"

वासिनी उठकर खड़ी हुई। उधर से चीत्कार आ रहा था, "खून कर दूंगा....आं..."

साथ ही साथ प्रहार का शब्द।

आवाज़ वह दीनू की थी। दूसरी आवाज़ आ रही थी, "बुड्ढा, बदमाश कहीं का!"

किसीने कहा, "छोड़, छोड़ दे!"

बोलपुर के डाकघर में सिर पर हाथ रखे दीनू बैठा था। कपाल पर सूजन। एक जगह पर कट गया था।

दूसरा एक जवान हरकारा। बिखरे बाल। बदन पर चोट के दाग। वह कह रहा था, "वह एक पाजी गई-बीती औरत है, भीख के बहाने शैतानी करती-फिरती है। वह बच्चा उसके कुकर्म का है। तीन बार वह बच्चे को फेंककर भाग चुकी है। यह बुड्ढा उसीके पास घिसटता फिर रहा था, सो मैंने हंसी में एक बात कह दी! और हुज़ूर, यह मुझपर पगले

भालू-सा टूट पड़ा।"

मास्टर ने कहा, "राम-राम! दीनू जैसे आदमी को तुमने यह बात कही? छि:! यह बड़ा भला है।"

दीनू ने कहा, "हुज़ूर, उसी लौंडिया ने मेरे लड़के को फुसलाया था, उसीके लिए वह..."

गला उसका रुंध गया।

ज़रा रुककर बोला, "मेरी बीवी अब बचेगी नहीं। उसने मुझसे कहा था, 'उस औरत से एक बार पूछ देखना, उसे अगर पता हो कि वह कहां है...इसीलिए मैं..."

"छि,छि,छि! तुम दीनू से मांफी मांगो। माफी मांगो!"

दीनू बोल उठा, "न, बाबू, न!"

उठकर वह भाग गया। मास्टर ने पुकारा, "दीनू, दीनू!

नदी के किनारे थोड़ा-सा जंगल।

सुरेश बनर्जी खड़ा-खड़ा पुकार रहा था, "दीनू! दीनू!"

जंगल के उस पार से दीनू निकला।

शोक-गम्भीर उदास मूर्ति। कपाल पर चोट का निशान। लेकिन चेहरे पर प्रशांति। बदन पर एक अंगोछा लिपटा।

"जी, आप! यहां, मसान तक आए?"

"सुनकर मुझसे रहा नहीं गया। कल यहां नहीं था। आज दस बजे घर लौटा, तो पता चला।"

"हां, बाबू। सादो को छुटकारा मिल गया। कल भोर में सपना देखकर चिहुंक उठी थी। आज भी भोर में वैसा ही सपना देखकर दरवाज़ा खोलने गई थी...छाती में पीड़ा उठी...।" दीनू स्तब्ध हो गया। एक निश्वास छोड़ते हुए उदास हंसी हंसकर बोला, "मैंने लौटकर उसका

मरा मुखड़ा ही देखा।"

उसने बगल की ओर ताका।

चिता जल रही थी। कुछ लोग खड़े थे।

उधर ही ताकते हुए दीनू ने पूछा, "आज मास्टर बाबू के लड़के की चिट्ठी आई है?"

"हां! पटना जेल से छूटा है। सरकार तो अब सब लोगों को छोड़ दे रही है।"

"जी हां। कह रहे हैं सब।"

"निताई का भी पता चलेगा। समझा। मेरी आत्मा कह रही है।" इतना कहकर वह अप्रतिभ-सा हो गया। "बोला, "यानी अब तो अंग्रेज़ यहां से चले जाएंगे, सुनता हूं। देश तो फिर आज़ाद हो जाएगा और तब सबको माफ कर दिया जाएगा। निताई को कोई खतरा नहीं रहेगा।"

"क्या पता?"

सुरेश ने कहा, "अब तू..." कहकर रुक गया।

दीन ने पूछा, "जी?"

"अब तू काम छोड़ दे। पेन्शन ले ले।"

"काम छोड़कर क्या करूंगा? दिन कटेगा तो रात नहीं।"

गहरी हताशा से उसने आसमान की ओर देखा। उसी तरफ देखते रहकर बोला, "सारा गांव, सारी दुनिया सोएगी और मैं अकेला जगा बैठा रहूंगा! नः, यह नः होगा मुझसे। यही करते-करते तो सादो चली गई।" वह ज़रा रुका। रुककर फिर बोला, "इसमें...कट जाता है—डाक ले जाता हूं, ले आता हूं।" कुछ लापरवाह-सा बोला, "काम बड़े मज़े का है बाबू। दुनिया भर के सुख-दुख की खबर लाता हूं...अपना कुछ नहीं है!"

बादवाले दृश्य में अपने आंगन में दीनू खड़ा है। बुढ़िया बुआ बैठी

है बरामदे पर।

अंचरा से वह आंख पोंछ रही हैं।

गाय खरीदनेवाले तीन दलाल खड़े हैं—चार गाय-बैलों के गले की रस्सी उनके हाथ में है। उनमें से एक दस-दस के नोटों का बंडल गिन रहा है।

दीनू सबको बेच दे रहा है।

दीनू के हाथ में नोट देकर उसने कहा, "गिन लो।"

दीनू ने गिना नहीं। कहा, "ठीक ही है।"

उस आदमी ने साथियों से कहा, "चलो!"

एक ने लाठी उठाकर गायों को हंकाया, "हत्...हत्! ..."

दीनू ने कहा, "रुको।"

वह आदमी पलटकर खड़ा हो गया। दीनू ने कहा, "अल्ला की कसम खाई है, याद है न?"

"तौबा, तौबा। यह भला भूलने की है। तुम्हारी गायों को कसाई के हाथ न बेचूंगा। गिरस्त को बेचूंगा। और ऐसे भी गिरस्त को नहीं, जो अपने से गाय-गोरू की सेवा-जतन नहीं करते। गरीब खेतिहर को दूंगा, जिसके यहां गाय-गोरू दौलत है! खुदा कसम! भला तुम्हारी तकलीफ मैं नहीं समझता!"

कपड़े के छोर से आंसू पोंछते हुए दीनू ने कहा, "एक बात और। तुम लोग ज़रा रुक जाओ। मैं लाठी-पेटी लेकर निकल जाऊं, फिर जाना।"

वह अन्दर चला गया।

बरामदे में बैठी बुआ ने कहा, "सबको बेच डाला बेटा। मैं जैसे-तैसे हिफाज़त करती।"

"नहीं, नहीं फूआ। इसमें तुम्हें भी तकलीफ होती, गायों को भी।

फिर गायें थीं सादो की, बैल थे निताई के...”

कहते-कहते वह आंगन में उतर पड़ा। कहा, “वही नहीं रहे, तो बंधन रखकर क्या करना?”

बात उसकी पूरी हुई, जब वह बाहर निकल गया।

पश्चिम में सूरज डूब रहा था।

दीनू बैहार से पश्चिम की ओर तेज़ी से बढ़ रहा था। एक मोड़ से मुड़कर ओझल हो गया।

दीनू का घर सूना हो गया! दलाल गायों को हंका ले गए। बुढ़िया बूआ जड़-सी बैठी। काठ की मारी-सी। आंखों में आंसू। एक कुत्ता बैठा। धीरे-धीरे अंधेरे में घर ढक गया।

इसके बाद का दृश्य। बोलपूर स्टेशन के प्लेटफार्म के उसी लैंपपो-स्ट के नीचे एक हरकारा गमछे से उस जगह को झाड़ते-झाड़ते दीनू को न देख पाकर आवाज़ देता है, “दीनू’ भैया, अरे, कहां गए?”

और दीनू ओवरब्रिज के नीचे अंधेरे में बैठा है।

दूसरा हरकारा उसके सामने से ही चला गया। पुकारा, “दीनू भैया!”

दीनू ने जवाब नहीं दिया।

उस हरकारे ने कहा, “अजीब आदमी! दुखाए मन के बावजूद ऐसे। नौकरी की बलिहारी! और काम ही करना है, तो...।” वह आगे बढ़ा, “दीनू भैया!”

दीनू उठ खड़ा हुआ।

प्लेटफार्म से बाहर निकला। तीसरे दर्जे के वेटिंग-शेड में घुसा। शेड में उस समय चहल-पहल न थी। मुसाफिर सो रहे थे। कोई बीड़ी पी रहा था। फेरीवाले बैठे थे।

दीनू स्टाल की तरफ गया।

अचानक ठिठंक पड़ा।

एक कुली लेटा था और वासिनी का लड़का उसका पैर दबा रहा था।

दीनू पलटकर उसके पास जाकर खड़ा हुआ, “अबे लड़के!”

लड़का चौंक उठा। हैरान-सा उसकी ओर देखने लगा।

“यह क्या कर रहा है, ऐं?”

“पैर दबा रहा हूं।”

“पैर दबा रहा है?”

“हां, एक पैसा देगा।”

“पैर दबा रहा है? एक पैसा देगा? ...” ज़रा देर काठ-सा रहकर फिर हठात् बोल उठा, “सूअर का बच्चा, कमीना!”

वह कुली उठ बैठा। सब चौकन्ने हो गए।

कुली बोला, “हुआ क्या? गाली क्यों दे रहा है इसे?”

दीनू ने उसपर ध्यान नहीं दिया। पूछा, “तेरी मां कहां है?”

उसने कहा, “मां किसीके साथ चली गई है।”

सुननेवाले हंस पड़े।

दीनू की आवाज़ ने उस हंसी को दबा दिया, “तू मर जा, मर जा तू!”

कहते-कहते वह लगभग दौड़ पड़ा—खो गया अंधेरे में।

प्लेटफार्म के एक छोर पर दीनू का साथी हरकारा पुकार रहा था, “दीनू भैया, ऐ दीनू भैया!”

उसी समय गाड़ी की घंटी हुई।

वह मुड़ा। सर्चलाइट की रोशनी से झकमकाते प्लेटफार्म पर

मुसाफिर चौकस हो उठे।

उसी गाड़ी से उतरा पोस्ट मास्टर का लड़का अमर।

घंटी हुई। गाड़ी निकल गई।

डाक के थैलोंवाला ठेला शहर में पोस्ट आफिस के सामने रुका। साथ में डाकिया और दीनू का वही साथी हरकारा। डाकिये ने पुकारा, "दीनू! मास्टर साहब, दीनू स्टेशन से..."

अन्दर से मास्टर ने कहा, "चला आया है! उसकी तबीयत ठीक नहीं, इसीसे चला पाआ है! फिक्र न करो।"

दूसरा हरकारा इस बीच आ गया था। डाक के थैलों को उतारते हुए एक ने कहा, "आकर वह पागल की तरह धप्प से बैठ गया!"

दूसरे ने कहा, "अब भोर हुई है। नवग्राम के पोस्ट मास्टर बाबू का लड़का इसी गाड़ी से उतरा। उसीसे बात कर रहा है।"

तीसरे ने कहा, "हज़रत युधिष्ठिर अब सरग जाएंगे! अब ज़्यादा देर नहीं।"

'डाकघर के अन्दर से मुहर मारने की ठपाठप आवाज़ आने लगी।

उस समय बरामदे के एक ओर दीनू एकटक अमर को देख रहा था। अमर ने हंसकर कहा, "ऐसे क्या देख रहे हो, दीनू, मैं क्या बहुत बदल गया हूं?"

दीनू ने कहा, "आप और भी सुन्दर हो गए हैं, बाबू!"

अमर ने कहा, "बड़ा भी तो काफी हो गया। फिर जेल में कोई कष्ट भी न था।"

दीनू ने कहा, "धरम की किरपा बाबू! कष्ट दे कौन सकता है?"

अमर ने कहा, "मैं जानता था, बोलपुर में उतरते ही तुमसे भेंट होगी।"

"क्या करूं बाबू, चीनी के बैल की नाईं तमाम दुनिया की खबर ढोता हूं, सिर्फ अपनी ही..."

"मैंने सब सुना है दीनू! बाबूजी ने सब लिखा था। तुम साधू हो, सज्जन..."

"नहीं बाबू, सब झूठ है!"

"दीनू!"

"ठीक कह रहा हूं, बाबू। चोर का बाप कभी साधु नहीं हो सकता... साधु का बेटा भला चोर होता है? नहीं, नहीं होता, सब झूठ है!"

इतने में अन्दर से पोस्ट मास्टर ने चिल्लाकर कहा, "दीनू, अरे दीनू! तेरे नाम से रजिस्ट्री है, रजिस्ट्री!"

दीनू चीख उठा, "मेरी?"

मास्टर ने एक पार्सल उठाकर कहा, "हां, हां, तेरी। दीनबन्धु दास, फादर ऑफ निताईचरण दास...'

"निताईचरण दास? ऐं? निताई ने भेजा है? निताई ने...?"

"नहीं लिखा है—दीनबन्धु दास, निताईचरण का बाप। भेजनेवाली है एक जहाज़ कम्पनी।"

"जहाज़ कम्पनी?"

"हां। भारत जहाज़ कम्पनी, बम्बई।"

"मगर निताईचरण का नाम क्यों है?"

"हो सकता है, निताई ने ही कुछ भेजा हो। कम्पनी ने इन्तज़ाम कर दिया हो।"

"फिर...! फिर...निताई...! निताई को छोटा समझकर कम्पनी ने माफ कर दिया?"

"बिना देखे कैसे बताऊं?"

"खोलिए बाबू, खोलिए! खोलकर देखिए!"

"यह तो तुझे तेरे ही पोस्ट आफिस से मिल सकता है। मैं कैसे खोलूं!"

दीनू ने आंखें फाड़कर देखते हुए कहा, "नहीं, निताई को जहाज़ कम्पनी ने पकड़ा है? उसका फैसला होगा? डाक जल्दी बंधवा दीजिए, बाबू! जल्दी!"

डाक का थैला लिए दीनू दौड़ा। दौड़ चला।

उसकी आंखों में उस पार्सल को हाथ में लिए मास्टर बाबू की तस्वीर झूमने लगी।

अचानक ही वह ठिठक गया।

डाक के थैले को पटक दिया। और एक दिन जिस तरह से निताई उस थैले पर टूट पड़ा था, वैसे ही टूट पड़ने को तैयार हुआ। लेकिन तुरत उसने अपने-आपको संभाला। उसके बाद बैठकर हांफने लगा। सिर पर बोलते हुए एक उल्लू उड़ गया। गाछ से एक फूल टपक पड़ा। चिड़िया बोल उठी। दीनू चौंका। डाक उठाकर दौड़ने लगा।

नवग्राम पोस्ट आफिस के सामने खासी भीड़ थी।

अमर खड़ा था।

सुरेश था। कह रहा था, "हीरो...शहीद...लांग लिव अमरचन्द्र! ज़िंदाबाद!"

इसी समय डाक लिए दौड़ता हुआ दीनू आया। बोला, "बाबू..."

कहते-कहते वह अन्दर चला गया।

फर्श पर डाक के थैले को पटककर वह मानो टूट-सा गया।

"बाबू! डाक काटिए, बाबू!"

हैरान होकर मास्टर ने पूछा, "क्यों दीनू, क्या बात है? ऐसा क्यों!"

"मेरी रजिस्टरी है। मेरा निताई। खबर आई है!"

"निताई की खबर!"

"हां। डाक काटिए, बाबू!"

अमर ने ताज्जुब से कहा, "निताई को खबर?"

सुरेश बोला, "रजिस्ट्री?"

एक ने कहा, "निताई गिरफ्तार हो गया?"

"गवाह का सम्मन? गवाह तो एक उसका बाप ही है।"

सुरेश ने कहा, "माफी मिल जा सकती है। देश आज़ाद हो रहा है।"

और अन्दर उस समय पोस्ट मास्टर एक मैडल लेकर देख रहे थे। पार्सल खुला पड़ा था। दीनू आंखें फाड़कर एकटक देख रहा था।

पोस्ट मास्टर ने पढ़ा, "एवार्डेड टु निताईचरण दास, फॉर हिज़ हीरोइक..."

सुरेश ने तर्जुमा कर दिया, "निताईचरण दास को उसके वीरतापूर्ण..."

दीनू ने कहा, "निताई का मैडल है! निताई को मैडल मिला है? फिर तो निताई को माफी मिली...? बाबू!"

पोस्ट मास्टर चिटठी पढने लगे। दीनू ने मैडल को हाथ में लिया। देखते हुए बोला, "पढ़िए बाबू, और क्या लिखा है, पढ़िए! बाबू! बाबू! ...तो! ... तो...!" चीख उठा वह, "यह मैडल मेरा है? मैंने निताई का नाम बता दिया, इसलिए? बाबू?"

"यह बात नहीं, दीनू?"

"तो?"

"मैडल निताई का है। वीरता के साथ उसने प्राणों का बलिदान किया, इसके लिए कम्पनी ने उसे मैडल दिया है। वह नहीं रहा, तू उसका बाप है..."

"वह नहीं रहा?" चीख पड़ा दीनू।

पोस्ट मास्टर चिट्ठी पढ़ने लगे, "आपका लड़का निताई हमारा एक कर्तव्यपरायण कर्मचारी था। लड़ाई के समय उसने वीरता के बहुत काम किए। सबका प्यारा था वह। अभी-अभी हमारी कम्पनी का एक जहाज़ युद्ध के समय बिछाई गई सुरंग से टकराकर डूब गया। सभी लोगों को नाव पर सुरक्षित सवार कराकर कप्तान के पास खुद खड़ा होकर उसने अपनी जान दी। उसकी उसी वीरता का यह पुरस्कार आपके पास भेजा जा रहा है। उसके बीमे आदि का जो रुपया है, कम्पनी समय पर आपको भेजेगी।"

दीनू की आंखों से आंसू बहने लगे।

पोस्ट आफिस के सारे लोग सन्न रह गए।

टेलीग्राफ के खम्भे का भों-भों ही सिर्फ सुनाई देता रहा।

एकाएक टेलीग्राफ का यन्त्र टक्-टक् कर उठा।

दीनू 'जय भगवान!' कहकर उठ खड़ा हुआ। बोला, "मेरा इस्तीफा लीजिए हुज़ूर! बस!"

मास्टर ने पूछा, "इस्तीफा?"

"जी, इस्तीफा! अब तक दुनिया की जाने कितनी खबर लाता रहा। आज मेरी खबर आई है। निताई चोर बनकर खो गया था, साधु बनकर मरा...उसका मैडल आ गया। मेरी अन्तिम खबर! जय भगवान!

कहते-कहते दीनू वहां से निकल पड़ा।

अहाते में जो लोग खड़े थे, उन्हें पार करके बाहर जाकर सदर रास्ते

पर खड़ा हुआ। सुरेश उसके पीछे-पीछे गया।

पुकारा, “दीनू! दीनू!”

दीनू ने उस पुकार को सुना नहीं। चलने लगा......चलने लगा..... सीधे बोलपुर का रास्ता पकड़ा, जय भगवान!

सुरेश ने चिल्लाकर पूछा, “दीनू! उधर कहां चला? दीनू!”

दूर से दीनू ने जवाब दिया, “बोलपुर!”

रास्ते में, गांव के छोर पर बाऊल गा रहा था; भीड़ जमा थी...

“शेष न्याय की आशा में बैठा हूं! ...”

दीनू बगल से कतराकर चला गया।

बोलपुर स्टेशन पहुंचा। ओवरब्रिज के नीचे सोए उस लड़के को उसने उन्मत्त की नाई उठा लिया।

और फिर नज़र आया,

जंगल की उसी राह से वह पोते को कंधे पर लिए लौट रहा है। उसे उसने नये कपड़े पहनाए हैं।

गले में उसके वह मैडल डाल दिया है।

सामने राह निकलती आ रही है।

घने जंगल की राह। पेड़-पौधों में नये सुकुमार पत्ते।

एक बस्ती।

उसके बाद नवग्राम।

नवग्राम का बाज़ार।

उसका अपना टोला।

घर का फूलवाला पेड़, फूलों से लदा।

शून्य में गूज रही हैं बाऊल के गीत की कड़ियां:

"जब-जब पार घाट के आया
पाई-पाई दिया किराया
अन्तिम बिरिया ही पहुंचा हूं बिलकुल खाली हाथों
हो कुछ अगर बकाया तो वह अब तो मुझको ला दो
उसी फैसले की आशा में बैठा हूं।..."

◊◊◊